Als der Wolf im Schafspelz kam

Gudrun Leyendecker

1. Auflage 2021

Lektorat: Friederike Ramin

Biografische Information der deutschen Nationalbibliothek: Die
Deutsche Nationalbibliothek verzeichnet diese Publikation in der
Deutschen Nationalbibliografie; detaillierte biografische Daten
sind im Internet über http://dnb.dnb.de abrufbar.
Herstellung und Verlag: BoD – Books on Demand, Norderstedt.
ISBN: 9 783 752 671 742

Inhaltsangabe

Zur Jubiläumsfeier im Schloss von Sankt Augustine haben die Rossinis
viele überraschende Attraktionen vorbereitet. Doch bei der Wahl der Gäste ist ihnen offenbar ein Fehler unterlaufen. Die Journalistin Abigail Mühlberg erhält den Auftrag, eine mysteriöse Person aufzuspüren, die alle Fäden zieht. Spielt da jemand falsch? Ein Mordfall erschüttert die Gäste und wirft viele Fragen auf. In der Hitze des Sommers entzündet sich so mancher Streit und die junge Frau versucht, in Krisen zu vermitteln und Klarheit zu schaffen.
Ein mysteriöser Koffer verschwindet, und die Recherchen führen nach Frankreich, der berühmten Parfum-Stadt Grasse.....

ALS DER WOLF IM SCHAFSPELZ KAM

GUDRUN LEYENDECKER

ROMAN

LIEBE UND MEHR

BAND 19

Der Wind wehte die letzten Blütenblätter des Jasmins zu uns auf die Schlossterrasse. „Das ist wie Schnee im Sommer", fand Emily, meine Nichte, die ihre Sommerferien bei mir in Sankt Augustine verbrachte. Sie sah in den Himmel und beobachtete die ziehenden Wolken. „Im Augenblick ist es hier wie in einem kleinen Paradies. Es ist kaum zu glauben, dass hier schon so viel passiert ist. Wann kommen denn die restlichen Gäste für das große Fest morgen?"

Ich nahm einen Schluck Tee und benutzte diese Zeit zum Nachdenken. „Also, da muss ich nachrechnen. Die Zirkusleute sind schon vor ein paar Tagen angekommen…"

Emily unterbrach mich. „Ja, das weiß ich. Das Zirkuszelt steht schon fertig auf dem Schlossvorplatz. Aber die anderen, die Ehrengäste, wer ist das eigentlich alles?"

„Lass es mich doch einmal der Reihe nach angehen. Die Musikstudenten, die gerade Semesterferien haben, sind zum Teil überall verstreut, im Inland und im Ausland. Nur ein paar haben sich hier in den letzten Tagen eingefunden, um ein kleines Konzert zu geben. Frau Ackermann, die reiche Tante, meiner lieben Freundin Laura Camissoll, der Schauspielerin, ist gestern schon gemeinsam mit Hugo Petit eingetroffen."

„Hugo Petit? Ist das nicht der Kunstsammler, der bei Nizza eine große Werft besitzt, dem du einmal eine ausrangierte Figur von Rossini verkauft hast?"

„Es gibt von Moro keine ausrangierten Skulpturen", empörte ich mich. „Jedes Teil von ihm ist ein Kunstwerk, egal ob es ein Gemälde oder eine Figur ist. Sie war nur ursprünglich für einen anderen Zweck gedacht, aber künstlerisch ist es ein großes Werk gewesen."

Ihre schönen dunklen Augen sahen mich fragend an. „Und was will der hier beim Sommerfest? Er ist doch bestimmt nicht von Südfrankreich hierhergekommen, um sich die Attraktionen im Zirkus anzusehen."

„Sicherlich will er sich hier im Schloss all die Kunstwerke von Moro Rossini ansehen und wahrscheinlich auch das kleine Museum besichtigen. Die Ehrengäste, das sind die Mitglieder eines internationalen Kulturvereins, dessen Vorsitzender neuerdings Kevin Braun ist, Lauras Mann aus Philadelphia. Sie sind alle gestern Mittag schon angekommen."

Emily freute sich. „Dann wird es ja interessant. Ich hatte schon befürchtet, es bleibt mit den älteren Herrschaften etwas langweilig. Sind da auch junge Leute dabei?"

„Ich habe die Liste nicht im Kopf", gestand ich ihr. „Magst du noch ein Stück von Carlas Erdbeerkuchen?"

Sie stöhnte und betrachtete sehnsüchtig die Schlagsahne. „Er ist wahnsinnig lecker, aber ich muss auf meine Figur achten."

„Deine Figur ist super für deine 19 Jahre", fand ich. „Und mit etwas Kuchen wird sie bestimmt perfekt."

Sie lächelte. „Also gut, weil heute praktisch so etwas wie Feiertag ist. Also, sind da auch hübsche junge Männer in diesem Kulturverein?"

„Bestimmt. Da gibt es zum Beispiel einen jungen, hübschen Franzosen, einen charmanten Engländer und einen reizenden Amerikaner, von denen mir die Schlossherrin schon berichtet hat. Du wirst sie alle kennenlernen, auch der Clown vom Zirkus soll ein sehr attraktiver Mann sein. Was ist denn mit deinem Freund Torben geworden. Seid ihr nicht mehr zusammen?"

Emily schüttelte den Kopf. „Wir haben uns getrennt. Er ist einfach zu jung für mich. Männer sind mit 19 noch halbe Kinder."

In diesem Augenblick erschien Adelaide Rossini auf der Terrasse. „Die Kriminalpolizei ist da. Man hat im Zirkuszelt die Tänzerin Victoria tot aufgefunden, und es sieht ganz nach einem Mord aus. Haltet euch bitte zu Verfügung, wenn der Kommissar Meyer euch ein paar Fragen stellen will."

Wir erschraken und stellten viele Fragen durcheinander. „Was ist passiert? Wann war das? Wo ist es passiert?" Vor Aufregung ließ ich das Tortenstück von der Schaufel auf den Teller fallen.

„Wann hat man Victoria denn gefunden?" fragte ich Adelaide, nachdem wir uns etwas erholt hatten. „Und wer hat sie gefunden?"

„Der Zirkusdirektor Mago, er wollte sie zur Generalprobe in die Manege holen. Da hat er sie dann im Zirkuswagen gefunden. Wir waren ja gleich dagegen, dass sie da draußen bleibt und dort schläft. Alle anderen Gäste schlafen doch auch hier im Schloss in den Gästezimmern. Wenn sie auf uns gehört hätte, dann wäre vermutlich auch nichts passiert."

„Weiß man denn schon, was genau passiert ist?" erkundigte sich Emily.

„Der Kommissar, beziehungsweise der Pathologe aus seinem Team, vermutet, dass es gestern Abend spät geschehen ist. Da war natürlich hier im Schloss und im Garten ein Kommen und Gehen. Da hat keiner so genau hingeschaut. Irgendwann nach dem Abendessen, vermutet er. Und in dieser Zeit haben alle Gäste ihre Koffer verstaut und ihre Zimmer ausgesucht. Die Musiker haben im Garten auf dem großen Platz für das Konzert geübt, und aus dem Zirkuszelt kam auch noch Musik. Victoria hatte sich von den Kollegen verabschiedet, weil sie früh zu Bett gehen wollte. Da hat natürlich auch keiner mehr nach ihr gesehen."

„Wo ist Niklas? Der Kommissar kann mir doch bestimmt noch mehr erzählen", vermutete ich.

„Ja, er weiß vermutlich noch mehr, Abigail. Aber momentan vernimmt er gerade noch die Leute vom Zirkus. Er wird später noch hierher kommen. Soll ich euch von Carla irgendetwas bringen lassen, einen Cognac vielleicht oder ein Wasser?"

„Danke liebe Ada!" meldete sich Emily zu Wort. „Ich habe hier die jüngsten Beine. Ich kann uns schon ein Wasser aus der Küche holen. Dann werden doch bestimmt die ganzen Festlichkeiten verschoben, oder?"

„Leider nicht", wusste die Schlossherrin. „Der Zirkusdirektor Mago besteht darauf, dass seine Vorstellung wie geplant stattfindet. Allerdings will er eine Gedenkminute für Victoria einlegen, und er hat uns auch ausdrücklich ans Herz gelegt, dass hier im Schloss alles so weiterlaufen soll, wie es geplant wurde. Er meinte, er habe Victoria sehr gut gekannt, und daher wüsste er, dass das so in ihrem Sinne wäre."

„Dabei habe ich aber kein gutes Gefühl", fand meine Nichte. „Es wird sicher dann kein fröhliches Fest werden."

„Das war auch mein Argument", teilte uns Adelaide mit. „Aber Mago meinte, unsere Traurigkeit sei in zwei Wochen noch genauso groß. Da müssten wir es schon um ein Jahr verschieben, und das sei eben unmöglich."

„Gibt es denn schon Verdächtige?" erkundigte ich mich.

„Nein. Es steht ja noch nicht einmal die Todesursache genau fest. Sie haben erst Vermutungen, die noch genauer untersucht werden müssen. Gut, dann wisst ihr auf jeden

Fall schon mal Bescheid. Am besten wartet ihr hier, bis Niklas oder sein Kollege zu euch kommen. Und vielleicht hat er auch wieder einen Auftrag für dich, Abigail. Du bist ja sozusagen nicht nur seine freie Mitarbeiterin, sondern auch seine langjährige Freundin. Da hat er keine Hemmung, dich um Hilfe zu bitten. Ich muss jetzt noch zu den Studenten. Sie schmücken gerade draußen die große Laube mit Lampions und haben noch gar keine Ahnung, was passiert ist."

Als sie die Terrasse verlassen hatte, klärte ich meine Nichte auf. „Ein guter Freund ist Niklas schon, und seine Lebenspartnerin Jasmin, die mit ihrer Zwillingsschwester Senta den Gutshof führt, ist eine meiner besten Freundinnen. Aber wir kennen uns noch nicht viele Jahre, das kommt Adelaide nur so vor. Als ich hierher kam, um damals Rossini zu interviewen, war Niklas noch nicht so davon überzeugt, dass ich zu der Aufklärung eines Kriminalfalles etwas Wesentliches beitragen könnte. Aber seitdem ist sehr viel passiert, es gab kaum eine große Veranstaltung hier in Sankt Augustine ohne eine mysteriöse Geschichte. Zum Glück war es selten Mord. In der Regel hat sich dann doch vieles als Unfall herausgestellt, Diebstähle und eine Entführung waren auch dabei. Und so hat Niklas dann im Laufe der Zeit eingesehen, dass es auch Vorteile haben kann, wenn man eine Journalistin in einen Kriminalfall einbindet."

***

Etwas später erschien der Kommissar bei uns auf der Terrasse, begrüßte uns und setzte sich zu uns an den Tisch. „Ihr habt es sicher schon gehört von Adelaide, aber ich habe natürlich auch noch ein paar Fragen an euch. Ihr kennt diese Fragen ja schon: ist euch irgendetwas Verdächtiges aufgefallen? Habt ihr jemanden gesehen? Und wann habt ihr Victoria zum letzten Mal gesehen?"

„Ich habe sie bisher nur ein einziges Mal gesehen", klärte ich ihn auf. „Und das war vorgestern in der großen Schlosshalle, als uns Rossini und seine Frau das Zirkusteam vorstellten. Seitdem habe ich sie nicht mehr gesehen. Und an all unseren Gästen ist mir bisher auch noch nichts Ungewöhnliches aufgefallen."

„Und du, Emily, hast du irgendetwas gesehen?" wandte er sich an meine Nichte.

„Ich bin erst heute gekommen. Ich kenne diese Victoria noch gar nicht und bin auch ihrem Team noch nicht begegnet. Von den anderen Gästen habe ich deswegen auch nur ein paar ganz flüchtig gesehen. Und an denen ist mir auch noch nichts aufgefallen. Bisher habe ich nur mit dem Schlossherrn Moro Rossini und seiner lieben Frau Adelaide gesprochen. Außerdem habe ich mich noch ganz kurz mit Carla, der Haushälterin und ihrem musikalischen Freund Bernhard, dem Gärtner unterhalten. Den traf ich nämlich zufällig mit seiner Klarinette auf dem Flur. Und das fand ich merkwürdig, weil ich ihn vorher mit einer Harke im Garten gesehen hatte. Und da habe ich ihn natürlich darauf angesprochen. So erfuhr ich dann, dass er hier bei fast allen Konzerten mitwirkt und ein großartiger Musiker ist. Er wird auch morgen bei dem Konzert mitwirken."

„Ich weiß. Ich kenne nun Bernhard auch schon eine ganze Weile, und er sorgt hier im Schloss auch als Hausmeister dafür, dass sich Rossini in seinem Alter nicht mehr um alles allein kümmern muss. Und Moro und Adelaide kenne ich auch schon, seit sie hier in Sankt Augustine leben. Aber weil gestern hier natürlich so viel los war, haben wir schon ein Problem, der Kreis der Verdächtigen ist ziemlich groß. Der Täter könnte aus Victorias Umfeld stammen, ein Mitglied der Zirkustruppe sein, aber wir müssen ihn natürlich auch im Kreis der Gäste suchen, die seit gestern hier sind."

„Weißt du schon etwas Näheres?" wandte ich mich an Niklas.

„Wir wissen inzwischen nur von ihrer Kollegin, der Tänzerin Ellie, dass Victoria gestern noch einen langen Spaziergang durch den Park gemacht hat, bevor sie zu Bett ging. Und dabei kann sie natürlich jedem begegnet sein, der hier im Schloss herumläuft. Hast du etwas Zeit, Abigail? Oder erwartest du deinen Liebsten schon so bald wieder zurück von seiner Exkursion?"

Ich zwinkerte ihm vergnügt zu. „ Nein, Ermanno ist mit seinen Studenten noch unterwegs. Mit anderen Worten, du möchtest, dass ich dir helfe."

„Na, du bist doch ein Naturtalent beim Herausquetschen von Neuigkeiten. Auch schon von Berufs wegen. Und deine Fähigkeit, mit fremden Menschen Kontakte zu knüpfen, sind beachtenswert."

„Du verstehst es sehr gut, mir zu schmeicheln, wenn du etwas von mir möchtest", antwortete ich lachend.

Emily grinste. „Ach Abigail, tu doch nicht so! Dich treibt doch selbst immer die Neugier. Aber mehr noch als die Neugier, möchtest du deine Finger mit im Spiel haben. Und dein stärkstes Motiv ist es doch, Probleme zu lösen und Geheimnisse zu lüften."

Der Kommissar lachte. „Da hast du mich doch tatsächlich zum Lachen gebracht, Emily, obwohl die Umstände hier gerade sehr traurig sind. Aber mit deiner Beschreibung hast du den Nagel auf den Kopf getroffen. Wahrscheinlich würde Abigail krank werden, wenn ich sie nicht an der Aufklärung beteiligte."

Ich gab ihm einen leichten Klaps auf den Arm. „Ein bisschen weniger direkt könnte nicht schaden. Hast du schon die Gästeliste und eine von den Zirkusleuten."

Er nickte und reichte mir ein mit leserlicher Schrift beschriebenes Blatt. „Die hat Carla schon angefertigt. Und du Emily? Kann ich dich auch dabei einsetzen?"

Die junge Frau freute sich. „Na klar! Ich war schon in der Schule eine ausgezeichnete Hobbydetektivin. Da wusste ich immer, wer heimlich mit wem ging und was alles so hinter vorgehaltener Hand getuschelt wurde. Darf ich vielleicht die jungen Männer interviewen."

„Interviewen lieber nicht, das kannst du deiner Tante überlassen. Es würde zu sehr auffallen. Aber du darfst dich mit den Gästen anfreunden und dich mit ihnen über den Fall unterhalten. Wenn du mir dann deine Eindrücke schilderst, bin ich vollkommen zufrieden."

Sein Handy meldete sich, und er las die Nachricht. „Es gibt eine Neuigkeit. Inzwischen wurde die Todesursache festgestellt. Sie wurde vergiftet."

Emily sah den Kommissar fragend an. „Kann sie das Gift nicht selbst genommen haben?"

„Es gab keinen Abschiedsbrief, und im Wohnwagen wurde keinerlei Gift gefunden. Weder in ihrem Glas, noch auf ihrem Teller, noch in ihrer Handtasche oder an ihren Händen. Und die Kollegin Ellie hat ausgesagt, dass sich

Victoria schon sehr auf die Vorstellung von heute gefreut hat. Sie hatte keine Depressionen und keinen Liebeskummer, und auch sonst keine Sorgen, denn sie ist die Stieftochter einer berühmten Filmschauspielerin, die ihr ab und zu etwas Geld überweist."

„Und wo ist die Mutter jetzt?" fragte ich Niklas.

„Sie lebt in Kanada und wurde bereits verständigt. Sie wird so bald wie möglich hierher kommen. Also, ich werde euch auf dem Laufenden halten und mich zunächst einmal mit ihrem Kollegen unterhalten. Wir sehen uns!" Er stand auf und winkte uns noch einmal zu.

Emily sah mich erwartungsvoll an. „Und was machen wir jetzt zuerst?"

„Uns so unauffällig wie möglich zu verhalten. Ich werde mich bei jedem gemeinsamen Essen in der Schlossküche neben eine andere Person setzen und versuchen, sie in ein Gespräch zu ziehen. Das gleiche gilt auch für meine Spaziergänge im Garten."

„Da verlieren wir viel zu viel Zeit", wandte Emily ein. „Wer steht alles auf der Liste? Lies mal vor, was Carla uns da aufgeschrieben hat! Wer steht ganz oben?"

Ich schaute auf das Blatt. „Also, da oben steht Will Holly aus Yorkshire. Er ist 35 Jahre alt und besitzt ein Auktionshaus."

Emily grinste. „Genau. Und bei dem fangen wir jetzt an. Wir werden ihn kennenlernen."

„Und unter welchem Vorwand?"

„Na, ich bin deine Nichte und will demnächst nach Yorkshire verreisen. Da brauchen wir doch ein paar Tipps aus seiner Gegend."

Ich zögerte einen Augenblick, doch dann gab ich nach. „Na schön! Sehen wir uns diesen Engländer einmal an!"

Mit dem Geschirr auf dem Tablett bewaffnet spazierten wir in die Schlossküche, wo wir Ada und Carla bei den Vorbereitungen für das Abendessen trafen.

Wir weihten sie in unseren Auftrag ein und erkundigten uns nach Will Holly.

„Hast du eine Ahnung, wo er gerade ist, Adelaide?" fragte Emily die Schlossherrin.

„Er interessiert sich für die Brunnen da draußen, und vermutlich findet ihr ihn bei der schönen Venus. Nach ihr hat er sich nämlich erkundigt."

„Dann auf in den Garten!" entschied meine Nichte zog mich hinaus.

Obwohl aus der Ferne große Wolkenfelder nahten, hielt sich der trockene Himmel über uns.

Während wir den Park durchquerten, begegneten uns die verschiedenen Düfte der blühenden Büsche. Schmetterlinge, Hummeln und auch eine Libelle begleiteten uns ein Stück des Weges.

Als wir am Venusbrunnen ankamen, saß dort ein elegant gekleideter junger Mann, der zu einem hellen Anzug einen leichten Sommerhut trug.

Emily hatte keine Hemmungen, ihn sofort anzusprechen.

„Hallo! Ich bin Emily und Abigails Nichte, die hier gemeinsam mit den Rossinis im Schloss wohnt. Sie sind bestimmt auch hier Gast und extra für das große Sommerfest angekommen."

„Richtig. Ich bin Will Holly und komme aus England. Aber sagen wir doch du zueinander, wie das bei uns und wohl auch im Schloss hier üblich ist." Er legte den Hut ab.

„Nein, bitte", fuhr meine Nichte fort, „lass doch bitte den Hut auf! Die Sonne brennt ganz schön heute. Wenn man das nicht so gewohnt ist …"

Er lächelte. „Ach, auch wenn man viel von unserem englischen Regen spricht, ein bisschen Sonne bin ich schon gewohnt. Ich verbringe meine Ferien in Italien, meist auf Sizilien, wo Maestro Rossini herkommt. Ich finde das Schloss hier übrigens sehr schön. Es sieht so ganz anders aus als unsere Schlösser in England."

„Es ist im Barockstil gebaut", wusste Emily. „Der französische Adelige hat es nach dem Stil vom Moritzburger Schloss umgebaut. Dieses Schloss bei Dresden hat August der Starke in diesem Stil umbauen lassen. Ich finde auch, dass es sehr freundlich aussieht."

„Ich habe schon seit gestern nachgedacht, ob diese italienischen Gärten mit den vielen Brunnen und Skulpturen hier wirklich so gut zu dem schlichten Schloss passen. Aber dann ist mir eingefallen, dass es in Dresden auch so ist. Da findet man ebenso das Prunkvolle neben dem Schlichten und jede Menge Statuen und Brunnen. Dieser Franzose muss also einen ähnlichen Geschmack gehabt haben wie der Kurfürst von Sachsen."

„Glücklicherweise war der Franzose nicht ganz so verschwenderisch wie Friedrich August", fand ich. „Sonst wäre aus diesem Schloss womöglich auch noch ein Museum geworden und alle Leute müssten Eintritt bezahlen."

Will lächelte erneut. „Und doch ist es ein Museum. Es beherbergt die ganzen wunderschönen Gemälde und Skulpturen und Fotos des Künstlers Moro Rossini, und es befindet sich darin auch das Gedenkmuseum für die verfolgten Künstler, das du, Abigail aus der Taufe gehoben hast. Das habe ich gestern jedenfalls im Stadtführer hier gelesen. Es ist ziemlich mutig von dir, hier in Deutschland so etwas zu initiieren. Die extrem rechte Politik sieht das bestimmt gar nicht gern."

„Ich hoffe, dass die Deutschen jetzt wachsam genug sind, und sich immer wieder an ihre unrühmliche Geschichte erinnern, damit sie nicht noch einmal solche Verbrechen begehen. Tatsächlich hatte ich am Anfang bei den Recherchen auch ein paar Feinde, aber mittlerweile stehen jetzt so viele Menschen hinter dem Museum, so dass wir von allen Seiten Hilfe bekommen."

„Schade dass es jetzt während des Festes geschlossen ist", fand Will. „Aber ich habe schon mit der Schlossherrin gesprochen. Sobald das Fest vorüber ist, wird es für die internen Gäste geöffnet. Ich würde mir nämlich gern einmal die alten Bücher und Gemälde anschauen, die ihr da zusammengetragen habt. Ich verstehe nämlich auch ein bisschen von Kunst."

Emily sah ihn erwartungsvoll an. „Wirklich? Bist du vielleicht selbst ein Maler?"

„Nein, leider nicht. Dazu bin ich zu ungeschickt. Aber ich habe in England ein größeres Auktionshaus, da wandern die schönen Stücke häufig von einem Besitzer zum anderen. Und es ist immer wieder eine Freude, mitzuerleben, wie sich die Menschen über die erworbenen Kunstschätze freuen."

„Wie ist es denn so in Yorkshire?" erkundigte sich meine Nichte. „Ich wollte eigentlich da mal Urlaub machen. Was sollte ich mir denn da unbedingt ansehen?"

„Da solltest du dir sehr viel Zeit nehmen! Ich nehme an, dass du weißt, dass es sich um eine nordenglische Grafschaft handelt. Das ist eine Gegend mit viel Kultur, und wir nennen es auch: God's own county."

„Das hört sich so an, als ob die Einwohner diese Gegend sehr liebten", fand Emily. „Und wie sieht die Landschaft dort aus?"

„Da gibt es die typische Heidelandschaft aus Kalkstein, viele Plateaus und da haben wir eine Höhe von knapp 800 Metern. Und weil wir dort keine hohen Gebirge haben, fahre ich zwischendurch auch gern einmal in die Alpen, und zwar dort ganz in die Nähe, wo sich damals Adelaide und Moro kennen gelernt haben.“

Ich horchte auf. „Mühlwald? Dort habe ich auch meinen Mann Ermanno kennen gelernt, mit dem ich jetzt seit ein paar Wochen verheiratet bin. Ist das nicht eine wunderschöne Gegend?“

„Richtig. Das sehe ich auch so, und wenn ich dort bin, gehe ich wandern und klettern.“

„Dann hast du dich bestimmt auch schon mit Rossini darüber unterhalten“, vermutete ich.

„Er hat früher auch einige Berge bestiegen und kennt berühmte Bergsteiger. Das war früher seine Leidenschaft, als er noch laufen konnte. Genauso wie das Skifahren.“

„Davon redest du besser mit Moro und Adelaide nicht", riet ich ihm. „Das Thema könnte alte Wunden wieder aufreißen, sehr alte."

Er sah mich erstaunt an. „Ach, du meinst die alte Geschichte mit dem Skihasen, mit dem Moro seine damalige Verlobte betrogen hat?"

Ich nickte. „Und woher weißt du das? Hat dir das etwa Adelaide erzählt?"

„Nein, Moro selbst hat mir die Geschichte verraten, nachdem ich ihn gefragt habe, warum er seine große Liebe nicht schon in der Jugend geheiratet hat. Da hat er mir gestanden, dass sie so sehr enttäuscht von ihm war und ihm bei seinem Heiratsantrag dann einen Korb gegeben hat."

„Ja, sie haben sich danach zwar wieder versöhnt, und Adelaide wollte ihm verzeihen, aber bei dem zweiten Versuch hat er sich genauso tollpatschig eingestellt und vor ihren

Augen mit einer anderen geflirtet. Das hat sie dann nicht verkraftet und hat einen Schlussstrich gezogen, der sie dann für ungefähr 35 Jahre trennte."

Will seufzte. „Dann können die beiden ja nur froh sein, dass sie so alt geworden sind. Moro ist über 80 und Adelaide über 70 Jahre alt. Dieses Alter erreichen nicht alle Menschen, und Gott sei Dank hat keiner von ihnen beiden eine unheilbare Krankheit. Moro hat mir erzählt, dass er die Zeit gern noch einmal zurückdrehen möchte. Er hätte diese 35 Jahre gern mit seiner großen Liebe verbracht, weil sie sich nicht nur lieben, sondern auch gut zusammenpassen. Das Leben wäre sicher für den Künstler etwas weniger schmerzhaft verlaufen."

Ich nickte. „Für beide! Aber ich habe darüber auch schon mit beiden philosophiert. Die Sehnsucht nach der großen Liebe hat sie beide auch immer inspiriert, sie waren sich gegenseitig so etwas wie eine Muse."

„Ist Adelaide denn auch eine Künstlerin?"

„Sie ist nicht berühmt, aber sie hat auch ein paar kleine Talente, von allem etwas. Sie malt, sie schreibt Gedichte und kleine Geschichten für ihre Enkel. Sie spielt ein bisschen Klavier und hat auch schon ein paar Lieder komponiert. Alles mehr so für den Hausgebrauch, aber ich glaube auch dabei hat sie sich immer von ihrer Liebe zu Moro inspirieren lassen."

Nachdem er kurz darüber nachgedacht hatte, wandte er sich an meine Nichte. „Wovon lässt du dich denn inspirieren, Emily? Von diesem wunderschönen Rosengarten ringsherum?"

Sie lächelte, und ich sah ihr an, dass ihr Will gefiel. „Ich bin zwar noch nicht so lange hier, aber, ja, diese Atmosphäre gibt Kraft. Man hat den Eindruck. die Begeisterung der Künstler zu empfinden, die all das hier geschaffen haben."

Er nickte. „Ja, nicht wahr? So empfinde ich das auch. Man spürt den Eifer derjenigen, die diesen Garten gebaut und diese Skulpturen erschaffen haben. So ein ähnliches Gefühl habe ich immer in einer Bücherei. Da glaubt man, die vielen Gedanken in der Luft lesen zu können."

„So geht es mir auch bisschen", stimmte sie ihm zu. „Im Raum knistert es geradezu von der geistigen Energie, die die Bücher ausstrahlen können. Hast du denn trotz der Arbeit noch Zeit für Büchereien?"

„Im Moment weniger. Aber ich habe mir vorgenommen, in der nächsten Zeit etwas mehr für mich zu tun. Das bedeutet, mehr Urlaub und mehr Zeit für Inspirationen. Gerade heute übe ich bereits", meinte er lächelnd.

„Das hört sich gut an", fand Emily. „Dafür wird auch das Fest morgen geeignet sein. Es sind eine Menge Ehrengäste da, zu denen du auch gehörst. Kennst du sie alle?"

„Außer dem Ehepaar Rossini und Carla und Bernhard kenne ich niemanden hier. Aber das wird sich ja ändern, und ich freue mich auf jeden Fall, dich und deine Tante gerade kennenzulernen."

In diesem Moment trat der Kommissar hinter uns. „Entschuldigt mich bitte, ich habe ein paar Fragen an Mister Holly. Ich muss ihm berichten, dass es hier im Schlosspark ein schreckliches Ereignis gab. Euch sehe ich dann später", fügte er hinzu.

Das war für uns das Zeichen, sich aus dem Staub zu machen. Eilig verabschiedeten wir uns von Will und entfernten uns stumm. Als wir am Pavillon angekommen waren, platzte Emily los: „Er hat nichts gewusst. Und er kommt mir völlig harmlos vor. Und außerdem ist er ein sehr netter und charmanter Mann, trotzdem ganz vornehm und zurückhaltend."

Ich lächelte. „Und auf so etwas Langweiliges stehst du mit deinen 19 Jahren?! Du bist doch eine total temperamentvolle Frau. Warte es ab, du wirst hier bestimmt noch mehr nette Männer kennen lernen. Wir haben eine lange Liste. Ob er wirklich nichts davon gewusst hat, weiß ich nicht. Wenn ja, dann konnte er es gut verbergen. Aber in der Regel sehen die Täter völlig harmlos aus."

„Und außerdem hat er überhaupt kein Motiv", überlegte Emily. „Er will hier Leute kennenlernen. Und wenn er wirklich dieser Victoria gestern im Park begegnet ist, dann hätte er sie doch erst einmal kennen lernen müssen, um ein Motiv zu haben. Warum soll er dann hier gleich am ersten Abend eine Wildfremde umbringen? So etwas macht man doch dann höchstens am letzten Abend, bevor man verschwindet."

Ihr unschuldiges Gesicht amüsierte mich.

„Aber wir wissen nicht, ob er sie nicht doch kennt. Das würde er uns jetzt bestimmt nicht auf die Nase binden. Wir müssen sie jetzt alle erstmal für Verdächtige halten, alle, die um diese Zeit hier im Schloss und im Park waren."

„Aber er leitet doch ein Auktionshaus. Damit ist er ein seriöser Mann. Da kann er sich so etwas auch nicht leisten", argumentierte meine Nichte.

„Bei Taten im Affekt denkt der Täter nicht lange nach, ob er sich einen Mord leisten kann oder nicht. Die Emotionen sind spontan. Da überlegt ein Mensch nicht erst, ob er eine seriöse Existenz hat oder nicht."

„Ein Mord mit Gift ist aber nicht im Affekt", behauptete Emily. „Das muss man doch von langer Hand geplant haben."

„Nicht unbedingt. Wir wissen noch nicht, an welchem Gift Victoria gestorben ist. Vielleicht war es ein Gift gegen Mäuse, das da irgendwo herumgestanden hat. Und den Rest hat der Täter dann vielleicht mitgenommen, weil da an der Verpackung vielleicht seine Fingerabdrücke waren."

Sie lachte. „Ja, ich merke schon. Du hast schon einige Fälle hier in Sankt Augustine erlebt. Bei dir ist eben alles möglich. Vermutlich verdächtigst du auch die sympathischen Menschen."

Ich nickte. „So ist es. Dabei habe ich mir nicht nur Freunde gemacht. Ich musste sehr oft Personen in den Kreis der Verdächtigen einbeziehen, die ich sehr sympathisch fand. Aber manchmal hatten sie eben ein Motiv und kein Alibi."„Also wenn du mich fragst, dann ist er ein harmloser, netter Engländer", entschied sie. „Und wen sehen wir uns jetzt an?"

„Ich denke, die meisten werden wohl inzwischen in der Halle sein, weil man sie befragen wird. Gehen wir doch einmal zum Schloss zurück und sehen, wer uns da als nächstes begegnet."

„Du willst es also dem Zufall überlassen? Gut, dann müssen wir nur einen neuen Aufhänger finden, um unser Gegenüber anzusprechen. Was hältst du denn von dem Satz: Haben Sie es schon gehört …? Oder: Finden Sie es nicht auch so schlimm, das, was hier passiert ist?"

Ich lächelte meine Nichte an. „Das ist schon einmal ein Anfang. Probieren wir es aus!"

Am Eingang des Schlosses begegneten wir einer jungen Frau. Bevor wir unser Sprüchlein sagen konnten, stürmte sie auf uns zu. „Was soll das denn bedeuten? Hat man euch auch schon verhört? Dieser charmante Kommissar verdächtigt anscheinend jeden, der sich hier im Schloss aufhält."

„Wir haben auch schon mit ihm gesprochen", wich ich einer direkten Antwort aus. „Und du gehörst zu den Ehrengästen?"

Die große, schlanke Frau spielte mit ihren langen blonden Haaren und rollte die Augen. „Oh ja, und darauf bin ich sehr stolz. Ich bin Jennifer Trento, aber das ist nur mein Künstlername. Ich bin nämlich Geigenvirtuosin und bei uns in Italien schon ziemlich berühmt. Verheiratet bin ich mit einem Deutschen, einem Friedrich von Tiagoberg. Aber ihr werdet mich wahrscheinlich noch nicht kennen, oder?"

„Leider bis jetzt noch nicht", antwortete ihr meine Nichte. „Aber das können wir jetzt gerne nachholen."

„Ich brauche dringend irgendetwas zur Stärkung", verriet sie uns. „Wisst ihr, wo hier ein hübsches, kleines Café ist?"

„Für einen Kaffee musst du nicht so weit laufen", erklärte ich ihr. „Die Schlossherrin und

Carla haben in diesen Tagen immer etwas für ihre Gäste bereitstehen. Wir können in die Schlossküche gehen. Ich glaube, das ist in diesem Fall besser. Der Kommissar meinte, wir sollten uns momentan lieber in der Nähe des Schlosses aufhalten."

„Dann schließe ich mich euch an", entschied sie. „Ich muss sowieso jetzt mit irgendjemanden reden. Diese ganze schreckliche Sache hat mich total aufgewühlt. Einen Kaffee werde ich jetzt nicht trinken können. Vielleicht einen Schnaps oder eine heiße Schokolade."

„Das gibt es alles dort", versprach ihr Emily und übernahm die Führung durch das Schloss bis in die große Schlossküche. Wir fanden Carla dort, die einige Vorbereitungen für das Essen traf und dazu das traditionelle Kupfergeschirr benutzte.

Sie hatte Verständnis für Jennifers Nervenschwäche und schob ihr zuerst einen Cognac hin, bevor sie ihr eine Tasse mit heißer Schokolade zubereitete.

Jennifer stöhnte. „Dieses Erlebnis hatte ich mir ganz anders vorgestellt. Ich war so neugierig auf das herrliche Schloss, angefüllt mit kulturellen Kostbarkeiten, und ich habe mich so sehr auf das Kennenlernen von Moro und Adelaide Rossini gefreut."

„Du kennst die beiden noch gar nicht?" wunderte sich Emily. „Wer hat dich denn dann eingeladen?"

„Mein Mann Friedrich kennt Adelaide und Moro sehr gut. Er hat ein Hotel in der Stadt Valdagno bei Vicenza. Früher war er noch selbst dort, jetzt hat er es seinen Sohn übergeben. Aber in diesem Hotel haben sich die beiden vor Jahren getroffen, als Rossini noch in Italien und Adelaide noch in Deutschland wohnte. Da haben sie sich dann kennengelernt."

„Dein Mann hat einen so großen Sohn?" wunderte ich mich. „Dann ist er bestimmt schon etwas älter als du."

Sie lachte und zeigte schneeweiße, gepflegte Zähne. „Er ist 30 Jahre älter als ich. Aber was macht das schon?! Er ist schon sehr erfahren, und ich kann mich ihm immer gut anvertrauen. Leider konnte er nicht mit hierher kommen, obwohl er natürlich auch eingeladen war. Aber sein Sohn ist leider momentan krank und hat seinen Vater gebeten, im Hotel etwas auszuhelfen. Eigentlich wollte ich nicht allein fahren, aber mein Mann bat mich ausdrücklich darum, weil ich ihn hier vertreten soll. Ich hoffe, dass ich das schaffe. Mein Mann ist sehr versiert, universell gebildet und glänzt auf jedem vornehmen Parkett."

„Ganz so vornehm geht es hier im Schloss nicht zu", beruhigte ich sie. „Du kannst dich also ganz normal verhalten. Und im Augenblick wird sich sowieso jeder ein bisschen anders verhalten, als es üblich ist. Mit diesem schrecklichen Geschehen hier sind wahrscheinlich alle etwas überfordert. Das muss man erst einmal wirklich verarbeiten. So ein schlimmes Ereignis ist schon ein ganz plötzlicher Schnitt, bei dem erst einmal alles auf den Kopf gestellt wird. Wir werden hier wahrscheinlich eine ganze Weile noch Polizeikommissare im Haus haben. Das habe ich so schon einige Male erlebt und weiß daher, dass es dann immer recht ungezwungen zugeht, weil auch sie dann immer zu den gemeinsamen Mahlzeiten in der Schlossküche eingeladen werden. Im Normalfall speisen wir im Salon oder zu den festlichen Anlässen im großen Saal. Aber wenn jetzt hier die Polizei immer ein- und ausgeht, müssen wohl alle Abstriche machen."

Sie atmete erleichtert auf. „Friedrich ist adelig, und auch ganz besonders vornehm erzogen. Ich stamme aus einer einfachen Familie, aus dem Süden Italiens. Da musste ich mir einige Manieren erst aneignen, um mich zwischen die Adeligen setzen zu können."

Ich beruhigte sie. „Oh, du hast sehr gute Manieren. Da musst du dir wirklich keine Sorgen machen! Und es tut mir sehr leid, dass du dich so auf diese Reise gefreut hast und jetzt enttäuscht wurdest. Ich kann mir vorstellen, dass du es dir ganz anders vorgestellt hast. Und nun dieses schreckliche Ereignis! Jetzt müssen wir alle gut zusammenhalten, und vielleicht auch ein bisschen überlegen, das könnte von Vorteil sein."

Sie sah mich erstaunt an. „Wie meinst du das?"

„Wir müssen gut nachdenken, ob wir irgendetwas Verdächtiges gesehen haben oder irgendjemanden, der sich verdächtig verhalten hat. Wenn man den Täter gefasst hat, können sich alle etwas schneller beruhigen. Und falls du Angst hast, können wir den Kommissar bitten, dass er hier öfter einmal Polizeikontrollen macht."

„Nein, Angst habe ich keine. Nicht nur, weil ich mich in Selbstverteidigung auskenne, sondern weil ich glaube, dass das eine Beziehungstat war. Irgendein abgewiesener oder eifersüchtiger Liebhaber. Das ist doch meist die Lösung."

„Oder der Gärtner", fügte Emily hinzu.

Jennifer schlürfte den Kakao. „Leider habe ich bisher noch nichts bemerkt. Gestern, ehrlich gesagt, da war ich auch von der Reise ziemlich müde und war froh, als ich mich nachher auf dem bequemen Bett ausruhen konnte. Und heute habe ich mir erst einmal das Schloss angeschaut. Da gibt es ja so viel zu sehen. Mein Mann ist nämlich schon ganz neugierig. Und ich werde Friedrich ganz viel berichten müssen, wenn ich zurückkomme. Da habe ich zwar die Augen aufgemacht, aber nur auf die Bilder und Skulpturen geachtet. Zum Glück gibt es ja hier inzwischen einen Prospekt von dem Schloss, deswegen musste ich nicht alles fotografieren."

Ich nickte. „Ja, ich fürchte, so ähnlich wird es allen Gästen hier gegangen sein. Die meisten waren müde von der Reise, und heute haben sie erst einmal die vielen Attraktionen besichtigt. Da wird der Kommissar nicht viel erfahren. Außer von denen, die vielleicht gestern schon mal im Park waren und da etwas beobachtet haben."

Jennifer lächelte. „Im Park waren sie alle", wusste sie. „Das habe ich gesehen, als ich meinen Koffer auspackte. Von meinem Zimmer aus habe ich nämlich gerade einen Blick auf den Garten hinter dem Schloss. Ich selbst war auch kurz draußen, bevor ich schlafen ging, um mir noch eine Nase voll frischer Luft zu holen. Er ist ja auch so prachtvoll, der Garten. Allein deswegen lohnte schon die Reise hierher."

„Wenn sie alle im Garten waren, könnte schon jemand etwas gesehen haben", vermutete meine Nichte. „Ist dir denn jemand begegnet, als du im Garten warst?"

Jennifer überlegte. „Doch, ja, da war ein Mann, den ich nicht kannte. Sein Alter war schlecht zu schätzen. Vielleicht 30 oder 35 Jahre alt. Ich denke, dass er zu den Zirkusleuten gehört, denn bei den Gästen habe ich ihn noch nicht gesehen."

„Auch nicht später im Schloss", erkundigte sich Emily.

„Ich habe, wie die meisten, nur einen kleinen Imbiss in meinem Zimmer eingenommen.

Netterweise hatte uns das Adelaide vorher angeboten, weil sie sich schon dachte, dass die meisten nach der langen Reise ziemlich ermüdet sein könnten. Aber für uns Gäste gab es ja einen kleinen Extraempfang mit Champagner. Deswegen weiß ich, dass er nichts mit den Ehrengästen zu tun hat."

„Und er kam dir verdächtig vor?" bohrte meine Nichte weiter.

„Na ja, er lief ganz in Gedanken versunken durch den Park, hielt den Kopf gesenkt und hat mich gar nicht bemerkt, geschweige denn begrüßt. Aber ich war selbst viel zu müde, um mir darüber weitere Gedanken zu machen. Deswegen hatte ich ihn auch schon wieder vergessen."

„Und du kannst ihn beschreiben?" fragte ich.

„Ein bisschen schon. Er hatte dunkelblondes Haar, war mittelgroß und hatte eine durchschnittliche Figur. Aha, jetzt fällt es mir wieder ein. Er trug einen Oberlippenbart. Angezogen war er mit irgendetwas Dunklem. Darauf habe ich aber nicht so geachtet, denn ich hatte mich gerade auf eine Amsel konzentriert, die hoch oben auf einem Baum ihr Abendlied schmetterte."

Emily sah ihr neugierig in die Augen. „Und das hast du dem Kommissar alles schon so erzählt?"

„Nein, diese Begegnung im Park hatte ich ganz vergessen. Ich hatte mir ja auch nichts dabei gedacht."

„Würdest du den Mann denn wieder erkennen?"

Sie nickte. „Wo sollen wir ihn suchen?"

„Wir können einmal zum Zirkuszelt gehen", schlug meine Nichte vor. „Ich vermute, dass dort der Kommissar oder seine Mitarbeiter das Zirkusteam verhört. Wenn er dazu gehört, erkennst du ihn vielleicht wieder."

Jennifer stellte die Kakaotasse in die Spülmaschine. „Gut, jetzt habe ich mich auch wieder etwas erholt. Vielleicht tut uns auch ein Spaziergang im Garten ganz gut nach diesem Schrecken. Dann gehe ich jetzt mit euch zum Zirkuszelt und sehe mal nach, ob dieser junge Mann dort zu finden ist."

Gemeinsam verließen wir die Küche und machten uns auf den Weg zum Zirkuszelt, das auf dem großen Vorplatz errichtet war.

***

Vor dem Zelt trafen wir Ben, den jungen Polizeibeamten. Als er mich erkannte, winkte er mir zu und näherte sich uns. „Aha, da bist du ja schon, Abigail! Hat dich Niklas schon wieder eingesetzt? Leider ist es diesmal nicht nur ein Diebstahl oder ein Einbruch. Da werden die Festlichkeiten morgen doch überschattet sein."

Ich nickte. „Das ist wohl so, und ich denke, der eine oder andere hätte es auch lieber, wenn die Veranstaltungen völlig ausfielen. Aber der Zirkusdirektor besteht auf diesem Termin, weil er sonst mit seinen anderen Termine nicht klarkommt."

„Ja, das kann man auch irgendwo verstehen. Außerdem müssen sie ja sowieso noch hierbleiben, bis alles geklärt wird. Hast du schon etwas vor?"

Ich zeigte auf Jennifer. „Diese nette junge Dame aus Italien hat gestern im Park einen Mann gesehen, der ihr verdächtig vorkam. Nun vermuten wir, weil er nicht zu den Ehrengästen gehört, dass er sich vielleicht bei den Zirkusleuten aufhält."

„Was hat er denn gemacht? Und wie sah er aus?"

Jennifer berichtete, was sie am Vorabend beobachtet hatte und beschrieb den Fremden erneut.

„Das ist auf jeden Fall eine interessante Beobachtung", fand der Polizeibeamte. „Wir müssen jedem Hinweis nachgehen. Manchmal kann eine Winzigkeit entscheidend sein. Wollt ihr einmal durch das kleine Fenster hineinschauen? Jennifer kann gern auch einmal hineingehen und schauen, ob dieser Mann dort anwesend ist."

Während die junge Frau mit Ben in das Zelt ging, spähten wir neugierig durch das winzige Fenster. Von draußen konnte man nur eine Menschentraube erkennen, die sich um eine einzelne Person bildete. Doch die Entfernung war zu groß, um ein Gesicht erkennen zu können.

Emily und ich warteten gespannt auf Jennifers Rückkehr.

Wie jedes Mal, wenn man wartet, schienen die Minuten dahinzuschleichen.

Als die junge Frau mit Ben wieder herauskam, erkannten wir schon an ihren Gesichtern, dass die Suche erfolglos gewesen war.

„Er ist nicht da drinnen", informierte uns die junge Italienerin. Aber der Zirkusdirektor hat uns auch gesagt, dass zwei seiner Mitarbeiter gerade bei den Pferden sind. Sie müssen aber gleich zurückkommen, weil sie schon lange fort sind. Sie waren mit den Tieren ausgeritten, um die Pferde etwas zu bewegen."

„Gut", entschied Emily, „dann warten wir hier."

„Natürlich", stimmte ihr Jennifer zu. „Ich muss diesen Mann unbedingt identifizieren. Ich werde ihn mir einmal genau anschauen, denn ich habe eine gute Menschenkenntnis. Dann kann ich euch gleich sagen, ob er gestern einfach nur in einer schlechten Stimmung war, oder ob etwas Schlimmeres vorgefallen ist."

„Wir werden uns erst einmal ganz harmlos mit ihm unterhalten", schlug ich vor. „Falls er überhaupt einer von diesen beiden Reitern ist."

Dieses Mal mussten wir nicht lange warten, am Ende der Straße entdeckten wir vier Punkte, die sich beim Näherkommen als zwei Menschen entpuppten, von denen jeder ein Pferd an der Leine führte.

Jennifer kniff die Augen zusammen und starrte auf die beiden.

Als sie das Gesicht der beiden erkennen konnte, stieß sie mich an und flüsterte: „Ja, der linke, der ist es. Das ist der Mann aus dem Park."

„Gut. Wir werden sie ganz harmlos begrüßen",
schlug Emily vor. „Schließlich wollen wir sie
nicht vergraulen."

Die beiden Männer näherten sich und
begrüßten uns höflich.

Wir erwiderten den Gruß, und meine Nichte
wandte sich an den Bärtigen. „Da hast du aber
ein schönes Pferd, kann man es auch streicheln,
oder ist das bei dressierten Zirkuspferden nicht
erlaubt?"

„Das ist Theo", verriet er uns. „Du darfst es
ruhig einmal tätscheln. Das stört nicht. Es ist an
verschiedene Menschen gewöhnt, da kann es
sich auch auf dich umstellen. Ist da drinnen
jetzt noch die Befragung vom Kommissar?"

Emily streichelte das Pferd. „Wirklich, ein
liebes Pferd. Ja, da drinnen werden gerade alle
ausgequetscht. Wie ist es denn mit euch
beiden? Seid ihr denn schon dran gewesen?
Habt ihr schon alles gesagt, was ihr wisst."

„Ja, wir haben auch schon unsere Personalien abgegeben", antwortete der Bärtige. „Aber leider wissen wir gar nichts. Ich würde dem Kommissar auch gerne helfen, denn Victoria war mir sehr wichtig. Da liegt es mir auch am Herzen, dass der Täter bald gefunden wird. Ich habe ja auch einen Verdacht, aber das darf man ja nicht so laut sagen."

„Uns kannst du es ruhig sagen", antwortete Emily. „Bei uns ist dein Geheimnis gut aufgehoben. Wir versuchen ja auch, uns etwas zusammenzureimen. Und das ist gar nicht einfach, weil wir die schöne Tänzerin überhaupt nicht gekannt haben. Deswegen tappen wir auch noch im Dunkeln."

Er nickte und streichelte Theo. „Das kann ich mir vorstellen. Ich glaube, es war entweder der Clown Pirelli oder der Zirkusdirektor Mago selbst."

„Haben sie denn ein Motiv?" erkundigte ich mich.

„Immerhin haben sich die beiden um Victoria gestritten. Aber bisher hat sie sich noch für keinen von beiden endgültig entschieden. Das ist für mich Motiv genug. Und das haben wir dem Kommissar auch eben schon mitgeteilt."

„Damit hast du den Ermittler schon auf eine Spur gebracht", fand Emily. „Bist du hier für die Pferde zuständig?"

„Ja, ich bin Tierpfleger. Wir haben uns noch gar nicht vorgestellt. Mein Name ist Sebastian."

„Und mein Name ist Vincent", machte sich sein Begleiter bemerkbar. „Und ich bin Tiertrainer."

Wir stellten uns ebenfalls vor. „Und ich hatte hier eigentlich nur ein paar schöne Tage verbringen wollen", fügte Jennifer hinzu. „Mein Mann konnte diese Reise leider nicht mit mir antreten, daher wollte ich ihm hier sehr viele schöne Eindrücke als Ersatz vermitteln.

Aber da muss ich jetzt wohl einige Abstriche machen."

„Wir haben uns diesen Auftritt hier auch anders vorgestellt", antwortete Vinzenz. „Ab und zu kann man bei uns schon einmal mit einem Ausfall durch einen berufsbedingten Unfall rechnen, aber ein Todesfall? Und dazu noch wahrscheinlich ein Mord, dass wirft auch uns aus der Bahn."

„Deswegen müssen wir auch alle mithelfen, den Täter zu suchen", fand Sebastian. „Das sind wir Victoria schuldig."

„Könnt ihr uns dann etwas mehr über die Tänzerin erzählen?" erkundigte ich mich.

Der junge Mann nickte. „Kommt einfach mit uns in den Pferdestall! Dort müssen wir die Pferde jetzt noch etwas striegeln."

„Ein Pferdestall? Gibt es hier denn so etwas?" wunderte sich Emily.

Sebastian nickte. „So etwas Ähnliches. Das hat uns Frau Ackermann eigens gespendet. Es ist ein Holzverschlag, den man sehr gut auf- und abbauen kann. Da haben die Tiere ein bequemes Zuhause."

Wir folgten den beiden in den Verschlag, in dem sich die beiden Männer mit den Pferden beschäftigten.

„Wie war das denn mit dem Zirkusdirektor und dem Clown?" fragte ich, als die beiden Theo und Luise striegelten.

„Das ist eine längere Geschichte", begann Sebastian. Mago hat Victoria irgendwo in Hamburg aufgegabelt, da war sie in einem Nachtklub als Tänzerin beschäftigt. Er hat sie bei sich aufgenommen und ausgebildet. Da war sie natürlich sehr dankbar, und sie hat in ihm so eine Art Vaterersatz gesehen. So waren die beiden dann ein ungleiches Paar. Vor zwei Jahren ist sie dann plötzlich verschwunden, und ist ungefähr ein Jahr lang weggeblieben. Als sie wiederkam, brachte sie Pirelli, den Clown mit."

Emily sah ihn erwartungsvoll an. „Und dann? Wie hat dieser Mago dann reagiert?"

„Er wollte natürlich Victoria wieder zurück. Aber diesen Pirelli, den wollte er natürlich nicht. Doch Victoria hat ihn vor die Wahl gestellt: wenn ich bleibe, nur mit dem Clown. Was blieb dem Zirkusdirektor da anderes übrig? Er liebte die junge Tänzerin immer noch und wollte sie nicht ganz verlieren. Also hat er Pirelli ebenfalls eingestellt. Und er musste einsehen, dass der Clown ein großer Publikumsmagnet war, der ihm viele Besucher einbrachte."

„Und wie war dann das Verhältnis der beiden? Waren sie sehr eifersüchtig aufeinander?"

„Ja, das waren sie. Denn Victoria hatte ein Herz für alle beide, obwohl sie auch manchmal über sie geschimpft hat."

„Warum hat sie über die beiden geschimpft?" wollte Emily wissen.

„Sie hat sich über jeden beschwert. Natürlich in erster Linie über die Eifersucht der beiden. Aber sie fand den Zirkusdirektor auch ziemlich streng, nicht zu sich selbst, sondern zu dem Clown, an dem er ständig etwas zu meckern hatte. Und der hat sich das natürlich auch nicht gefallen lassen, sondern hat dann immer wieder neue ungeplante Showelemente eingebaut, von denen Mago behauptete, dass sie dem Publikum nicht gefielen. Aber das war nicht so, das Publikum war immer begeistert."

„Aber warum sollte dann einer von beiden Victoria umgebracht haben?" überlegte ich. „Wenn die beiden so miteinander im Clinch waren, hätten sie sich eher gegenseitig umbringen müssen. Dann waren sie sich doch gegenseitig im Weg."

Sebastian schüttelte den Kopf. „Wenn einer seinen Rivalen umgebracht hätte, hätte ihm das Victoria niemals verziehen. Damit hätte sich derjenige eine Chance auf ihr Herz verbaut."

„Mit wem war sie jetzt zusammen?" fragte Jennifer.

„Mit Pirelli, dem Clown. Er ist jung und attraktiv, und vor allen Dingen witzig. Damit kam er bei den meisten Frauen an."

Ich überlegte kurz. „Hatte Victoria denn auch Neider? Wie sah es mit Rivalinnen aus?"

„Also alle Frauen im Zirkus fanden Pirelli sehr attraktiv. Victorias Kollegin Elly hat auch immer mit ihm geflirtet. Und die Sekretärin und Kassiererin Johanna schwärmte schon seit Jahren für Mago."

„Was für ein Durcheinander!" fand Jennifer. „Dann muss man ja den halben Zirkus verdächtigen."

Sebastian bemerkte trocken: „Jeder hier im Schloss ist verdächtig. Auch du könntest es gewesen sein. Ich habe dich nämlich gestern im Schlosspark gesehen. Also sind wir beide genauso verdächtig wie die anderen."

Sie drohte ihm mit dem Finger. „Aber wir beide haben kein Motiv."

Vincent meldete sich zu Wort und lachte seinen Kollegen an. „Oh doch!" Bevor Victoria verschwand, war sie für eine Nacht mit Sebastian zusammen. Er spielt also auch im Leben von Victoria eine Rolle, wenn auch nur eine winzigkleine."

Sebastian nahm ihm seine Offenheit nicht übel, sondern lachte laut. „Ja, eine einzige Nacht, die sie so verwirrte, dass sie davonlief. Aber Vincent ist schon lange ihr heimlicher Verehrer. Damit erzählen wir dir keine Geheimnisse. Diese ganzen verworrenen Geschichten weiß jeder hier bei uns im Team."

„Wie im normalen Leben", fand Jennifer und amüsierte sich. „Das hört sich an wie eine Soap im Fernsehen. Da weiß man auch manchmal gar nicht, wer mit wem und warum. Und wir haben hier im Schloss auch einen Gärtner", scherzte sie. „Aber warum hast du mich gestern im Park nicht begrüßt, wenn du mich gesehen hast?"

„Ich war gerade nicht in der Stimmung, weil Mago auch wieder einmal mit mir gemeckert hat. Er meckerte immer mit einem unschuldigen Opfer, wenn er gerade zuschauen musste, wie sich Pirelli und Victoria küssten. Er warf mir vor, dass ich mich nicht gut genug um die Pferde kümmere."

Vincent nickte dazu. „Ja, das ist wahr. Dann wurde Mago immer sehr unleidlich. Das stelle ich mir auch ziemlich schwer vor, wenn man zuschauen muss, wie ein anderer die Frau küsst, die man liebt. Aber das durfte er natürlich nicht an uns auslassen. Nun ja, er ist eben ein etwas cholerischer Mensch, der nicht immer nach dem Verstand geht. Manchmal flippt er eben aus."

„Und wie kann ich mir das vorstellen?" erkundigte sich Emily.

„Wenn er wütend wird, dann wird er zuerst laut. Wenn er dann so richtig in Rage ist, dann wirft er mit Dingen, die sich gerade in seiner Nähe befinden. Und dabei ist er da nicht zimperlich. Da ist schon manches zu Bruch gegangen. Ganz abgesehen davon, dass er auch nicht darauf achtet, ob er mit diesem Gegenstand jemanden trifft, den er verletzen könnte."

„Und das kommt oft vor?" fragte ich.

Sebastian überlegte. „Einmal im Monat bestimmt wegen irgendwelcher Kleinigkeiten. Und außerdem dann noch jedes Mal, wenn er Pirelli und Victoria beim Knutschen erwischt."

„Das war gestern auch", wusste Vincent. „Und dabei ist Pirelli ganz offiziell Victorias Partner. Jeder wusste und akzeptierte, dass die beiden zusammen waren. Da hatte Mago eigentlich kein Recht, sich einzumischen."

„Ein Recht hatte er nicht", bemerkte Sebastian. „Aber er konnte es auch nicht mit ansehen. Er hat immer behauptet, Victoria sei seine große Liebe. Niemand hat es ihm wirklich geglaubt. Alle meinten, er sei nur sauer, weil er so viel in die Tänzerin investiert hatte, und sie ihm nicht dankbar genug schien."

„Hatte Victoria denn auch eine gute Freundin? So eine, der man alles anvertraut?"

„Nicht hier, sondern irgendwo im Ausland. Mit der hat sie sich ständig geschrieben, übers Handy. Die hat sie wohl in der Zeit kennen gelernt, als sie fort war. Sie hat sie immer Bea genannt. Ich vermute, dass sie Beatrice hieß."

„Dann wäre es natürlich interessant, etwas in ihrem Handy zu lesen, aber ich vermute, dass es Niklas bis jetzt noch nicht gefunden hat. Beatrice? Dann war sie vielleicht in Frankreich?"

„Victoria hat sich immer in den großen Monopolen herumgetummelt. Dort geht es ja meist international zu. Vermutlich hat sie diese Bea in irgendeiner Großstadt Europas kennengelernt."

„Dann müssen wir unbedingt das Handy finden", überlegte Emily. „Da finden wir dann bestimmt auch einiges über Victorias wahre Gefühle. Mit ihrer Freundin wird sie sicher über alles gesprochen haben."

„In den letzten Tagen war sie eigentlich ganz normal", wusste Vincent. „Sie hat viel trainiert für ihre neue Tanznummer, die war ganz genial. Da hat sie sich etwas ganz Neues ausgedacht, was bisher noch keiner vor ihr gemacht hat. In der Vorstellung für die Rossinis sollte die Premiere sein."

„Warum ist sie überhaupt wieder zurückgekommen?" erkundigte ich mich. „Und wenn sie sich hier über Mago geärgert hat, warum ist sie mit Pirelli nicht einfach fortgegangen zu einem anderen Zirkus?"

„Da gibt es nicht mehr so viel Auswahl", wusste Sebastian. „Unser Zirkus hier ist doch noch sehr bekannt und auch aktiv. Das gibt es nicht mehr so oft. Übrigens, wenn ihr mit Pirelli darüber sprechen wollt, das wird nicht gehen. Im Moment jedenfalls nicht. Der Arzt musste ihm eine Beruhigungsspritze gegeben, und er schläft momentan."

„Er läuft uns ja nicht weg", vermutete ich. „Und wie sieht es mit dem Zirkusdirektor aus? Hat der vielleicht auch ein Nervenzusammenbruch?"

Der Tierpfleger schüttelte den Kopf. „Oh nein. Das ist ein ganz anderer Typ Mensch. Falls er große Gefühle hat, dann zeigt er sie wenigstens nicht nach außen. Allerdings ist er ja auch der Boss, der muss immer alles im Griff haben. Er muss sich professionell verhalten und darf sich von seinen Gefühlen nicht umwerfen lassen." Sein Gesicht verschloss sich. „Und jetzt müssen wir weiter arbeiten und uns um die anderen Tiere kümmern. Wir sehen uns bestimmt später beim gemeinsamen Essen in der Schlossküche."

Wir verabschiedeten uns von den beiden und verließen den hölzernen Bau.

***

Draußen verabschiedete sich Jennifer von uns. „Jetzt muss ich erst einmal mit meinem Mann telefonieren, und ihm alles berichten. Wir sehen uns ja dann später noch."

Emily und ich wollten uns gerade einen neuen Plan überlegen, als ein junger Mann auf uns zukam. „Ihr seid doch bestimmt hier auch Gäste im Schloss", vermutete er. „Darf ich euch etwas fragen?"

Meine Nichte begutachtete ihn, seine gepflegte Erscheinung schien einen großen Eindruck auf sie zu machen. „Natürlich darfst du soetwas fragen. Ich bin zwar nur Gast hier, aber meine Tante, Abigail Mühlberg, ist hier ziemlich bekannt in Sankt Augustine und wohnt bei den Rossinis im Schloss. Sie weiß hier über alles gut Bescheid."

„Ich bin Max, eigentlich Maximilian Kant", stellte er sich mit einer winzigen Verbeugung vor. „Ich bin Restaurator und arbeite vorwiegend in Museen. Die Rossinis kenne ich noch nicht so lange. Ich habe Moro vor kurzer Zeit geschrieben und angefragt, ob ich einmal seine Werke besichtigen dürfe, und er hat sofort die Verbindung mit mir aufgenommen. Möglicherweise hat es ihm gefallen, dass mein Urgroßvater ein Italiener war."

„Das imponiert Moro bestimmt", stimmte ich ihm zu. „Konntest du denn schon einiges im Schloss ansehen?"

„Leider nein. Die Polizei hat noch einige Räume abgesperrt. Deswegen habe ich ja auch eine Frage an euch. Nachdem mich die Kommissare nun ausgequetscht und meine Personalien aufgenommen haben, darf ich mich im Ort etwas umsehen und habe einige freie Zeit zur Verfügung. Was gibt es denn dort, dass man unbedingt gesehen haben muss?"

„Das hängt natürlich vom individuellen Geschmack ab", fand ich. „Auch in unserem sehr kunstvoll gestalteten Märchenpark gibt es etliche Skulpturen, die Moro Rossini erschaffen hat. Das alte Rathaus ist sehr hübsch, aber auch der historische Gasthof „Zur Traube" ist einen Blick wert. Dann gibt es natürlich noch den Rosenturm und die alte Stadtmauer. Den alten Brunnen vor dem Gasthof und weitere schöne Häuser. Selbst der Gutshof draußen, den die Zwillinge Jasmin und Senta Schirmer führen, hat schon einige Generationen überlebt, und einen besonderen Eindruck vermittelt auch das Blumenviertel an der Vinigrette, dem im Sommer winzigen Flüsschen, das aber im Frühling regelmäßig über die Ufer tritt."

„Das Blumenviertel? Ist das ein Gartenpark?"

„Nein. Dort stehen kleine Holzhäuser auf Pfählen im Wasser, und dieses Viertel ist schon sehr, sehr alt. Früher gab es dort auch eine Nachtigall und andere besondere Vögel. Aber zu der Zeit, als dort vor dem Zweiten Weltkrieg die Menschen verfolgt wurden, verschwand die Nachtigall, ganz so, als ob sie keine Lust mehr hätte, bei all diesen schrecklichen Verbrechen weiterzusingen. Dort hatte sich ein berühmter Dichter versteckt, dessen Werke jetzt hier im Schlossmuseum zu besichtigen sind."

„Das hört sich wirklich sehr sehenswert an. So viele Sehenswürdigkeiten in solch einer kleinen Stadt! Ich hoffe, dass mir hier so viel Zeit hier bleibt, bevor dieser kleine Urlaub zu Ende geht. Allerdings sind mir im Moment Moros Werke die wichtigsten. Ich nehme an, dass es sich bei dem Märchenpark nicht nur um eine Kinderbelustigung handelt."

„Ja, da hast du ganz recht. Da sind keine kitschigen Figuren zu sehen mit lächerlichen Automaten, die dir die Märchen erzählen. Es handelt sich um künstlerisch wertvolle Szenenbilder aus den verschiedenen Märchen, die alle von besonderen Künstlern erschaffen wurden. Diese Märchenbilder sind sehr geheimnisvoll und doch interpretieren sie ihre Geschichten sehr genau durch die sprechenden Szenen. Dann würde ich dir auch eine Parkbesichtigung vorschlagen. Es ist ein großes Gelände, weit hinten am Ende liegt der See mit dem Schwanenweiher, und dort findest du auch die Figur der kleinen Seejungfrau."

„Wollt ihr mich begleiten?" fragte Max. „Mit zwei so schönen Frauen ist der Kunstgenuss dann vollkommen."

Ich schüttelte leicht den Kopf. „Tut mir leid. Ich habe einem Freund versprochen, ihm etwas zu helfen. Aber vielleicht hat meine Nichte Lust, dich dorthin zu begleiten. Sie hat diesen besonderen Märchenpark auch noch nicht gesehen. Und verfehlen könnt ihr ihn eigentlich nicht. Es ist alles gut beschildert, und jeder kann euch den Weg nennen. Im müsst euch einfach in Richtung Gutshof halten. Das ist auch der Weg, der dann später zum Blumenviertel führt."

Emily lächelte Max an. „Das ist eine gute Idee. Ich hatte bis jetzt auch noch keine Gelegenheit, mir dort Moros Werke anzusehen. Und die kleinen Schwäne sollen inzwischen auch fast erwachsen sein, die würde ich gern auch einmal besuchen."

Ich verabschiedete mich von den beiden. „Dann wünsche ich euch viel Spaß, und grüßt mir Senta. Ich glaube, sie hilft heute wieder an der Kasse des Märchenparks aus. Sag ihr, dass du meine Nichte bist, Emily, damit du keinen Eintritt bezahlen musst."

„Für so eine schöne junge Dame werde ich doch wohl noch den Eintritt bezahlen können", empörte sich Max. „Sie ist natürlich eingeladen. Und vielleicht gibt es sogar auch ein Café dort?"

„Nein. Aber am Kassenhäuschen kann man sich einen Kaffee oder ein Eis kaufen, und wenn euch das nicht genug ist, könnt ihr hinterher noch in der „Traube" ein frischgebackenes Stück Kuchen essen. Frau Bühler ist nicht nur eine gute Köchin, sondern verwöhnt ihre Gäste auch mit besonderen Kuchenspezialitäten."

„Viel Essen kann ich noch nicht", bemerkte er. „Das ganze Geschehen hier ist mir doch etwas auf den Magen geschlagen. Da muss ich mich erst wieder etwas beruhigen und beim Spaziergang im Park entspannen. Aber zu zweit geht das ganz bestimmt."

Ich winkte den beiden hinterher und schaute dann in mein Handy, dem ich einige Notizen anvertraute. Wen hatte ich jetzt alles kennen gelernt? Da waren die beiden Mitarbeiter des Zirkus, Sebastian und Vinzenz, und es gab die Ehrengäste, Will Holly, den charmanten jungen

Herrn aus Yorkshire, der ein Auktionshaus besaß, es gab Jennifer Trento, die mit einem Hotelbesitzer in Italien verheiratet war, eine quirlige Italienerin und Max Kant, den Restaurator, der ebenfalls gern flirtete und sich für Rossinis Schätze interessierte.

Sie alle gehörten in den großen Kreis der Verdächtigen, aber bisher hatte keiner von ihnen ein Motiv. Ich hoffte, dass der Kommissar bald seine offiziellen Verhöre beendete, damit ich mit meinen speziellen Interviews beginnen konnte.

Der Zirkusdirektor und eventuell auch der Clown Pirelli hatten bis jetzt ein sehr vages Motiv. Hatte tatsächlich einer von beiden Victoria das Gift verabreicht, damit auch der Nebenbuhler leer ausging und die junge Tänzerin für niemanden zu haben war? Aber da gab es doch auch noch Elli, die zweite Tänzerin. Vielleicht gab es da auch

Komplikationen? Vielleicht war sie eine Rivalin in der Liebe oder eine Konkurrenz beim Tanzen?

In der Halle begegnete mir die Schlossherrin mit einem Herrn mittleren Alters, den sie mir sogleich vorstellte.

„Ich möchte dir Jérôme Grande ans Herz legen, Abigail. Dieser nette Herr aus Grasse in Frankreich hat dort eine große private Kunstakademie. Da kannst du dir vorstellen, dass er großes Interesse an Moros Bildern und Skulpturen hat. Er möchte sich aber auch aus einem anderen Grund gern mit dir unterhalten. Vor kurzem hat er nämlich in seiner Heimat Victoria kennengelernt, ganz kurz nur. Aber vielleicht gibt es da doch ein paar gute Ansatzpunkte."

Er reichte mir die Hand und lächelte mich freundlich an. „Ich stehe ganz zu deiner Verfügung, Abigail. Der Kommissar, mit dem ich bereits sehr ausführlich gesprochen habe, hat mir bereits mitgeteilt, dass du eine gute Zuhörerin bist. Wollen wir ein bisschen in den Rosengarten gehen?"

Jetzt lächelte ich. „Ich kann mir denken, dass du die wunderschönen Düfte aus deinem Heimatort Grasse vermisst. Schließlich liegt dort eine Wiege des Parfüms."

Er nickte. „Orangenblüten und Jasmin. Ja, den Jasmin habe ich hier in Rossinis Garten auch schon entdeckt. Und welch ein Geschenk war es damals für meine Heimatstadt, dass es zu jener Zeit eine so große Mode wurde, die Handschuhe mit Parfum zu bestäuben. Führe mich bitte in die schönste Ecke des Gartens, und ich werde dir von meiner Begegnung mit Victoria erzählen. Immerhin habe ich es dieser Begegnung zu verdanken, dass ich jetzt hier bin."

Jérôme folgte mir durch den großen Park in die hinterste Ecke neben dem alten Pavillon, dort, wo Moro die besonderen Rosen züchtete.

Wir nahmen dort auf einer weißen Gartenbank Platz und die Blicke des Kunstprofessors schweiften umher.

Er zeigte auf die roséfarbenen Blüten neben uns. „Aha! Diese Sorte habe ich selbst in meinem Garten. Das ist der Eisvogel mit den bizarren Blütenblättern. Sie ist ein wundervolles Kunstwerk der Natur, und ihr Duft ist einzigartig."

„Meine Lieblingssorte heißt „Elbflorenz"", verriet ich ihm. „Diese Sorte hat wärmere, rot und Apricot farbige Blütenblätter, und auch ihr Duft ähnelt einer Frucht. Aber jetzt bin ich doch sehr neugierig. Wann und wo hast du Victoria kennengelernt? Und wie kommt es, dass du ihretwegen jetzt hierhergekommen bist?"

„Aber nein, da muss ich direkt ein Missverständnis ausräumen. Ich bin nicht hierhergekommen, um die schöne Tänzerin zu sehen, sondern weil sie mir mitteilte, dass ihr Zirkus hier im Schloss bei dem Ehepaar Rossini gastiert. Sie erwähnte nämlich, dass dieser weltberühmte Künstler seine Werke hier im Schloss in mehreren Räumen ausgestellt hat. Und da ich ihn bisher noch gar nicht kannte, habe ich sofort das Internet bemüht und mich schlau gemacht. So konnte ich dann feststellen, dass es da eine Bildungslücke bei mir gab, die ich unbedingt sofort schließen musste. Da habe ich dann auch sofort mit Moro Kontakt aufgenommen, und wir haben uns erst einmal telefonisch und dann auch bei einigen Chats kennengelernt. Und wie das manchmal so vorkommt, waren wir uns sofort auch sympathisch. Rossini erbat sich sofort ein paar Prospekte von meiner Kunstakademie und meinen dortigen Ausstellungsstücken und Projekten und interessierte sich sehr für meine Arbeit, genauso, wie ich für die seine."

„Ja, das kann ich gut verstehen", versicherte ich ihm. „Als ich hierher kam, um Moro Rossini zu interviewen, war ich auch sofort begeistert von seinen ausdrucksfähigen Kunstwerken. Ich habe in meinem Leben selten sprechendere Bilder und Skulpturen gesehen. Er ist ein so temperamentvoller Mensch, und seinen Bildern und Skulpturen sieht man an, wie er bei der Erschaffung brennt."

Jérôme nickte. „So empfinde ich das auch. Und ich bin sehr froh, dass ich jetzt hier bin und trotz dieses schrecklichen Ereignisses das Erlebnis der Kunstgenüsse wahrnehmen kann. Und jetzt möchtest du sicher wissen, wie ich Victoria kennengelernt habe."

Ich sah ihn erwartungsvoll an.

„Das war in Grasse, in einer Parfümerie. Dort kaufte ich gerade ein Eau de Toilette für meine Schwester zum Geburtstag, als Victoria damit beschäftigt war, ein Plakat für einen Minizirkus aufzuhängen.

Ich grüßte sie, und fragte sie, ob sie jemanden von den Zirkusleuten kenne, und wie da die Aufführung sei. Da gestand sie mir, dass sie selbst dort mitwirkt und Tänzerin ist. Sie bot mir auch ein Ticket an, und fragte, ob ich Lust hätte, mir eine Vorstellung anzusehen.

Natürlich stimmte ich sofort zu, entdeckte aber, dass ich gerade zu der Zeit für ein paar Tage nach Paris musste. „Tut mir leid", antwortete ich ihr. „Da habe ich wohl Pech gehabt und werde leider nicht in den Genuss kommen, Ihre Tanzkünste bewundern zu können."

Sie reichte mir die Karten trotzdem, damit ich sie weiter verschenken könnte und wollte einen Scherz machen. „Dann kommen Sie doch zu der nächsten Vorstellung nach Deutschland, in den historischen Ort Sankt Augustine. Ich werde nämlich demnächst wieder bei meinem alten Zirkus mitwirken. Das habe ich schon mit meinem Chef ausgemacht und freue mich auf die neuen Auftritte dort. Beim Schloss des berühmten Malers und Bildhauers Moro Rossini wird anlässlich eines Festes ebenfalls eine große Aufführung veranstaltet. Ein kleiner Trip dorthin wird Ihnen bestimmt Spaß machen."

Zuerst lachte ich, aber dann wurde mir bewusst, dass sie etwas von einem Maler und Bildhauer erwähnt hatte, und ich ließ mir mehr darüber berichten. Sie wusste nicht allzu viel, aber sie hatte mich neugierig gemacht. „Darf ich Sie für diese freundliche Auskunft zu einem Kaffee oder Tee einladen?" bot ich ihr an.

Sie freute sich und ging gern darauf ein, und so trafen wir uns etwas später in einer hübschen kleinen Konditorei zu Kaffee und Kuchen, wo ich Gelegenheit hatte, sie ein wenig kennenzulernen. Sie erzählte mir von ihrer Karriere und von Mago, ihrem ehemaligen Lehrer und ehemaligen Freund. Sie erzählte mir, dass er sehr streng mit ihr gewesen ist, und dass sie deswegen in der Welt ein wenig herumgetingelt sei. Aber nun habe sie einen jungen Künstler kennengelernt, den Pirelli, und das sei jetzt ihr neuer Freund. Mit ihm wolle sie wieder bei Mago arbeiten, denn sie brauchten jetzt unbedingt einen seriösen Job.

Sie erzählte mir auch, wie verliebt sie sei, Pirelli sei die große Liebe ihres Lebens. Und dann erzählte sie noch, dass sie in Grasse eine Freundin gefunden habe, die Parfum herstellt und andere Aromastoffe. Sie muss wohl auch Kräuter für Arzneimittel anbauen, und das fand Victoria unheimlich interessant. Dort habe sie jetzt auch die ganze Zeit gewohnt und da auf

Pirelli gewartet, den sie wohl in Italien kennengelernt hatte, der aber dort noch nicht abkömmlich war."

Ich dachte nach. „Weißt du den Namen dieser Freundin in Grasse?"

„Nein, leider nicht. Sie wohnt auch nicht in der Stadt selbst, sondern im Umkreis. Aber ich könnte mir vorstellen, dass Pirelli den Namen kennt. Als ihr Lebenspartner hat sie mit ihm bestimmt auch darüber gesprochen."

„Hast du hier schon mit Viktoria gesprochen?" erkundigte ich mich.

„Ja, ich habe sie gestern kurz im Park gesehen. Da hat sie, glaube ich, jeder gesehen, während sie dort spazieren ging. Aber wir haben uns nur kurz zugewunken. Vermutlich hatte sie irgendeine Verabredung, denn sie schien es eilig zu haben."Ich überlegte einen Moment. „Also, hieß diese Freundin vielleicht Beatrice? Davon hat mir nämlich Sebastian erzählt."

„Das weiß ich wirklich nicht", meinte Jérôme bedauernd. „Ist sie denn so wichtig?"

„Ich kann mir da so einiges gar nicht zusammenreimen", antwortete ich irritiert. „Warum ist Victoria zurückgekommen? Mit dem Mago als Ex und dem neuen Lebenspartner Pirelli sind ja eigentlich Komplikationen vorprogrammiert, die es dann ja wohl auch gegeben hat. Hätte sie nicht irgendwo anders mit dem Clown ein neues Leben anfangen können? Es gibt doch bestimmt noch mehr als einen guten Zirkus auf der Welt."

„Es gibt, glaube ich, da nicht mehr so viele gute Teams, die berühmt sind und große Auftritte haben. Die ganz große Zeit dieser Art von Darbietungen ist vorbei. Vermutlich hat sie wirklich dabei an Pirelli gedacht. Bei Mago hat er eine Chance, sich doch einer breiten Menschenmasse zeigen zu können. Und wer einmal in diesem Metier arbeitet, der wird krank, wenn er den Beruf total wechselt. Diese Künstler sind doch meist wie besessen und brennen für ihren Beruf. Da kann man nicht so leicht die Branche wechseln."

„Ja, wenn man es so sieht, ist das verständlich", gab ich zu. „Aber so eine schwelende Eifersucht zwischen den beiden Männern kann auch das ganze Arbeitsklima vergiften. Ich dachte mir, dass diese Beatrice oder diese Freundin aus Frankreich vielleicht noch etwas mehr über die Motive ihrer Rückkehr sagen könnten."

„Dann rate ich dir, doch einmal mit Pirelli zu sprechen. Ihm wird sie doch sicher mehr von dieser Freundin erzählen. Und er wird auch sicher wissen, warum Victoria zurückgekommen ist."

Ich nickte „Ja, da hast du absolut recht. Falls er jetzt in der Verfassung ist, werde ich mich mit ihm etwas unterhalten."

„Manchmal tut ein Gespräch auch gut, wenn man in so einer Lage ist", überlegte Jérôme. „Falls mir noch irgendetwas einfällt, werde ich es dir auf jeden Fall mitteilen."

***

Wenige Minuten später klopfte ich an Pirellis Gästezimmer, nachdem mir Niklas mitgeteilt hatte, dass er mit dem ersten Verhör fertig war.

Der junge, schwarzhaarigen Mann erinnerte mich an Moro Rossini, so wie ich ihn von seinen Jugendfotos her kannte: attraktiv, bildschön und mit einer großen erotischen Ausstrahlung. An seinen gequollenen und etwas geröteten Augen erkannte ich, dass er viel geweint hatte.

Als er mich sah, zeigte er ein winziges Lächeln.

„Der Kommissar hat dich schon bei mir angekündigt, Abigail. Ich bin froh, dass du uns helfen willst, Victorias Mörder zu finden. Sonst werde ich nämlich noch ganz verrückt. Es ist schon schlimm genug, den liebsten Menschen zu verlieren. Aber dann auch noch zu wissen, dass es irgendjemanden gibt, der ihr junges Leben so grausam beendet hat, das kann man wirklich nicht ertragen. Und man muss sich vorstellen, dass dieser jemand auch im Augenblick noch frei herumläuft und sich möglicherweise auch noch in Sicherheit wiegt."

Auf seinem Nachttisch entdeckte ich ein Foto von Victoria, an dem sich ein schwarzes Band befand, daneben stand eine Vase, in der ein Strauß roter Rosen leuchtete.

„Niklas, sein Team und ich, wir werden alles tun, um den Mörder zu entlarven. Hast du denn irgendeinen Verdacht?"

Er schüttelte den Kopf, in seinen Augen lag Verzweiflung. „Nein, leider nicht. So etwas würde ich wirklich keinem Menschen zutrauen, und besonders keinem hier aus unserem Team. Ich traue es nicht einmal meinem Feind Mago zu."

„Dass ihr euch beide nicht gut versteht, du und Mago, davon habe ich auch schon gehört. Ist eigentlich Pirelli dein richtiger Name?"

„Ja, dass ist mein Nachname. Ich heiße Antonio Pirelli, und es hat sich so ergeben, dass sich die Leute den Nachnamen Pirelli sehr gut gemerkt haben, wenn ich früher als Clown auftrat. Da lag es natürlich nahe, dass ich ihn auch ganz übernahm als Künstlernamen. Mago schikaniert mich, wo er nur kann, und wir hatten auch sehr oft Streit. Es ist seine Eifersucht, die er nicht im Griff hat, und er hat mir Victoria einfach nicht gegönnt. Aber sie hatte mit ihm völlig abgeschlossen, deswegen war ich nicht eifersüchtig." Er bot mir einen Platz an.

„Warum seid ihr denn hiergeblieben, wenn Mago euch das Leben schwer gemacht hat?"

„Wir wollten nur noch eine Weile bei ihm arbeiten. Victoria hatte sich schon eine ganz andere Idee für uns beide ausgedacht."

Ich staunte. „Ihr habt einen anderen Zirkus gefunden?"

Pirelli schüttelte den Kopf. „Nein, damit wollten wir ganz aufhören. Sie hatte Probleme mit dem Rücken und dem Knie und hat in Frankreich eine Freundin gehabt, die sie auf eine ganz neue Idee gebracht hat."

Ich riss die Augen auf. „Kein Zirkus mehr?"

„Nein. Kennst du den französischen Ort Grasse?"

Ich nickte. „Ja, natürlich. Ich war schon häufig in Frankreich, und auch in der Provence. Dort gibt es schon seit mehreren Jahrhunderten das beste Parfum. Ich kann mich noch gut an meinen letzten Besuch dort erinnern, an die Felder mit Zentifolien."

„Zentifolien? Das sieht Blumen, nicht wahr?"

„Ja, eine Art Rosen. Sie haben so viele zarte Blätter deswegen heißen sie auch übersetzt: hundert Blätter. Sie sind zauberhaft und werden auch für Parfüm verwendet. Ich erinnere mich noch ganz genau an das rosafarbene Feld außerhalb der Stadt und an die anderen vielen Blumen. Weißt du, wie die Freundin heißt?"

„Natürlich, Victoria nannte sie immer Bea, und ich vermute, dass sie Beatrice heißt, aber ich habe sie nie kennengelernt. Wir waren auch nicht sehr lange dort gemeinsam, die beiden waren viele zusammen, während ich noch in Italien lebte."

„Jetzt bin ich aber mal gespannt auf die Idee, die Victoria verfolgen wollte. Es hat also vermutlich nichts mit dem Tanzen zu tun?!"

„Nein, das wollte sie ja wegen ihrer Rückenschmerzen aufgeben. Sie wollte sich hier in der Nähe von Sankt Augustine Land kaufen, Blumen darauf züchten und Parfum herstellen. Sie plante eine kleine Destillerie."

Ich sah ihn aufmerksam an. „Tatsächlich? Hatte sie denn so viel Geld gespart? Dafür braucht man doch einiges an Eigenkapital."

„Genau das habe ich auch zu ihr gesagt. Aber da hat sie mich nur geheimnisvoll angelächelt und gesagt, dass sie eine große Summe Geld erwartet. Hier in Sankt Augustine."

Ich stöhnte. „Jetzt weiß ich wirklich nicht mehr weiter. Woher wollte sie ihr Geld bekommen? Hat sie hier Verwandte? Erwartete sie eine Erbschaft? Hatte sie hier Freunde?"

„Nein. Sie hat hier keine Verwandten, und sie erwartete auch keine Erbschaft. Sie sagte, es ginge um ein Geschäft. Natürlich wollte ich auch mehr wissen, weil ich dachte, wenn es um eine große Summe geht, dann können das doch keine legalen Geschäfte sein. Da lachte sie nur und meinte, sie habe keine Juwelen gestohlen. Aber sie besitze eine wertvolle Pflanze, für die ein Liebhaber eine ganze Menge Geld bezahlt."

„Und hat sie denn erzählt, wer dieser geheimnisvolle Geschäftspartner ist?"

„Nein, das hat sie nicht. Und ich weiß auch nicht, wann sie sich mit treffen wollte. Ich weiß nicht, ob es eine Frau oder ein Mann ist. Und ich weiß nicht, ob es ein Florist oder ein Blumenliebhaber ist."

„Hast du denn irgendeine Pflanze bei ihr gesehen, Antonio?"

„Sie hat ein paar Töpfchen mit verschiedenen Blumen dabei. Eine Rose, eine Lavendelpflanze, ein Orangenbäumchen und ein paar andere Gewürzkräuter. Aber ich glaube nicht, dass es eine von diesen Pflanzen gewesen ist, denn sonst hätte sie bestimmt sehr gut darauf aufgepasst. Sie ließ sie oft unbeaufsichtigt irgendwo stehen und kümmerte sich einmal am Tag um sie. Und dann sprach sie mit ihnen und erzählte ihnen, dass sie bald in ein neues Zuhause kämen. Ich denke, sie hat auch noch irgendeine Lieferung erwartet.

Allerdings hat sie auch einen kleinen Koffer immer mit ins Handgepäck genommen."

Ich seufzte. „Das ist alles sehr merkwürdig. Und es wirft ein ganz neues Licht auf die ganze Sache. Bisher haben wohl alle angenommen, dass es sich um einen Mord aus Eifersucht handelt, was man natürlich immer noch nicht ausschließen kann. Aber wenn sie irgendetwas bei sich hatte, das sehr wertvoll war, dann ist es auch möglich, dass wir hier ein Tatmotiv suchen müssen. Wusste denn sonst noch jemand etwas von Victorias Plänen? Das kann ja gut sein, dass der Zirkusdirektor sie nicht noch ein zweites Mal verlieren wollte."

Er hob die Augenbrauen. „Mir gegenüber hat sie geäußert, dass sie außer mir niemandem etwas von dem Plan verraten hat. Aber das ist natürlich nicht amtlich. Ich weiß es nicht genau, ob sie Mago nicht doch verraten hat, dass sie hier aufhört. Ich vermute einmal, dass sie auch diese Bea informiert hat. Ich weiß aber nicht, ob die beiden noch so häufigen Kontakt hatten. Wenn ja, dann habe ich es nicht bemerkt. Dann haben sie nur telefoniert und geschrieben, wenn ich nicht dabei war."

„Dann werde ich auch den Zirkusdirektor in diese Richtung befragen. Unterhältst du dich mit ihm? Wie ist euer Kontakt momentan?"

„Wir reden nur das Nötigste miteinander, eben das, was für unseren Beruf notwendig ist."

Ich registrierte seine Antwort und dachte nach. Mir fiel Victorias neuer Plan wieder ein, und es zeigten sich einige Fragen. „Weißt du eigentlich, ob es da schon einen bestimmten Ort gab, den sie sich für die Felder ausgesucht hatte? Hatte sie schon mit jemandem Kontakt aufgenommen?"

„Sie hatte sich einiges im Internet herausgesucht. Da gab es ein paar Grundstücke außerhalb von Sankt Augustine, besonders südlich vom Märchenpark, auch südlich vom Blumenviertel. Das hat sie mir mal auf einer Karte gezeigt. Es gab da wohl zwei oder drei Bauern, die ein paar Felder verkaufen wollten. Ein anderer hatte Felder zum Verpachten angeboten. Aber die wollte sie dann erst persönlich kontaktieren, wenn hier unsere Aufführungen beendet sein würden."

„Und woher wollte sie die Pflanzen beziehen? Hat sie über spezielle Pflanzen gesprochen?"

„Nein. Sie sagte nur, in ihrem Kopf sei das alles schon fertig, und sie wolle das der Reihe nach angehen. Erst einmal ein Grundstück kaufen, und dann würde sich alles andere schon finden. Doch ja, auf jeden Fall gehörten Rosen dazu. Sie lächelte immer sehr geheimnisvoll dabei. Und ich fragte sie, ob sie denn alle Zutaten selbst herstellen wolle. Da hat sie mich ausgelacht, und geantwortet, dass das wohl unmöglich sei, weil man auch nicht nur Blüten dazu brauche, sondern auch andere Extrakte, aus Moosen und Baumrinde oder zum Beispiel synthetisch hergestellte Stoffe, in den Richtungen wie zum Beispiel Moschus."

„Das ist schon eine interessante Wissenschaft", fand ich. „Ich habe gehört, dass man dafür wohl eine sehr gute Nase haben muss. Und man darf wohl auch kein Raucher sein."

Pirelli lächelte wehmütig. „Eine gute Nase hatte sie. Und einen guten Riecher. Geraucht haben wir nie, weil das auch für unsere Betätigungen nicht gut gewesen wäre. Für ihren Tanz nicht, für den Sport nicht und auch nicht für meinen ehemaligen Beruf."

„Rauchen ist grundsätzlich ungesund", fügte ich hinzu. „Magst du mir auch verraten, welchen Beruf du vorher ausgeübt hast?"

„Ich war Friedhofsgärtner, und habe dort immer die Leute ein bisschen getröstet, und mich mit ihnen unterhalten, wenn sie ihre

Blumen dorthin gebracht haben und Kerzen dort aufgestellt haben. Rauchen fand ich dort makaber und pietätlos. Da hat mir eines Tages eine alte Frau gesagt, ich hätte ein Talent, Menschen zum Lachen zu bringen. Davon gäbe es heute viel zu wenig. So habe ich dann tatsächlich angefangen, bei kleineren Veranstaltungen einen Clown zu spielen. Eines Tages bekam ich schließlich eine Festanstellung bei einer gemeinnützigen Stiftung. Die schickten mich dann in Schulen und Krankenhäuser, und auch in Altenheime. Aber dann wechselten auch dort die Verantwortlichen und fanden, dass es zu kostspielig sei, einen Clown fest anzustellen. In dieser Zeit traf ich dann Victoria, die in Vicenza gerade in einer winzigen Bar zum Tanzen angestellt war. Sie war mit ihrem Job auch nicht zufrieden, weil sie die Kundschaft so eklig fand. Lauter reiche Snobs, die glaubten, für ein bisschen Geld mit ihr ins Bett gehen zu können. Ich hatte allerdings noch einen Vertrag, den ich noch nicht lösen konnte, und sie hatte schon Kontakte zu Frankreich geknüpft, zu einem Minizirkus. So fuhr sie dann schon nach Grasse und lebte dort in einem winzigen Zimmerchen. Und auf irgendeine Weise lernte sie dann dort Bea kennen. Bei ihr entdeckte sie dann auch ihre Vorliebe und ihre Leidenschaft für Düfte und Aromen und stellte fest, dass sie so eine gute Nase hatte."

„Auf jeden Fall werde ich noch vermutlich wieder einmal nach Frankreich fahren und ein bisschen dort recherchieren. Aber erst einmal müssen wir uns auf die möglichen Täter hier konzentrieren. Das Mordmotiv kann natürlich immer noch in jede Richtung gehen. Einen Mord aus Eifersucht schließe ich nicht aus. Und wer weiß, was sie sonst noch für Geheimnisse hatte."

„Ich habe auch gar keine Ahnung. Und ich hoffe, dass die Polizei den Täter vor mir fängt, sonst weiß ich wirklich nicht, was ich mit ihm mache. Das kannst du dir sicherlich vorstellen. Ich bin furchtbar verzweifelt, und der Täter darf mir nicht zu nahe kommen."

„Das kann ich gut verstehen. Es ist wirklich unvorstellbar, solch eine Tat. Und einen Menschen auf die Art und Weise zu verlieren, ist auch sehr schlimm. Und es ist immerhin deine Lebensgefährtin, das ist wirklich ganz furchtbar. Hast du denn irgendjemanden, der dir nahe steht, der dich trösten kann?"

„Ich habe noch Verwandte in Italien, aber die sind sehr weit weg. Es ist nett von dir, dass du so viel Mitgefühl hast. Niklas hat mir erzählt, dass du auch seit kurzer Zeit mit einem Italiener verheiratet bist. Werde ich ihn bald einmal kennenlernen?"

„Er ist wieder einmal mit seinen Studenten auf einer Exkursion. Aber wenn du noch ein paar Tage hierbleibst, wirst du ihn bestimmt sehen. Sag mir, wenn ich irgendetwas für dich tun kann! Jetzt will ich erst mal schauen, ob der Zirkusdirektor etwas Zeit für mich hat, den muss ich unbedingt kennenlernen."

***

Ich fand den Zirkusdirektor Mago im großen Zelt. Auch bei ihm hatte mich Niklas schon angekündigt, so hielt sich die Überraschung des älteren Mannes in Grenzen.

„Ah! Abigail persönlich traut sich in das gigantische Zelt. Der Kommissar hat mir schon erzählt, dass du uns in diesem schrecklichen Fall weiterhilfst. Für mich ist das ein tragischer Verlust. In erster Linie fehlt mir natürlich Victoria als wunderbarer Mensch, aber in zweiter Linie vermisse ich sie auch als fantastische Attraktion. Du kannst mich übrigens Herbert nennen, das ist mein richtiger Name. Mago, das heißt, der Magier und ist mein Künstlername als Zirkusdirektor. Was möchtest du alles wissen?"

„Am liebsten alles. Hast du irgendetwas Verdächtiges bemerkt? Hatte Victoria einen Feind?"

„Einen Feind? Davon ist mir nichts bekannt. Aber in letzter Zeit lief die Partnerschaft mit Pirelli nicht mehr so besonders. Sie haben sich sehr oft gestritten. Vielleicht wollte sie wieder einmal fort. Sie war eine reizende Frau, aber leider auch etwas unberechenbar."

„Wie kommst du darauf, dass sie fort wollte? Hast du irgendetwas bemerkt?"

„Ja, sie war sehr unruhig und manchmal auch ein bisschen unkonzentriert. So war es damals auch, bevor sie wegging. Vielleicht wollte sie jetzt auch Pirelli verlassen. Gewundert hätte es mich nicht."

„Weißt du denn, weshalb sie sich gestritten haben, der Clown und Victoria?"

„Das konnte ich nicht hören. Aber sie war sehr verändert, und ich habe sie auch einmal daraufhin angesprochen. Sie lachte mich aber nur aus und meinte, ich mache mir zu viele Sorgen."

„Wie war das mit denn mit euch beiden? Konntet ihr gut miteinander umgehen? Das ist ja nicht so einfach, wenn man mal ein Paar war."

„Ach das habe ich schon lange verkraftet und verarbeitet. Sie hat in mir wohl nur eine Art von Vater-Ersatz gesehen. Ich war ein Lehrer für sie und ein Manager, aber als Partner hat sie mich wohl nie richtig gesehen. Ich war wohl zu alt für sie. Das geht oft nicht gut."

„Hier in Sankt Augustine im Gutshof wohnt der Tierarzt Clemens, der ist seit einiger Zeit mit einer Studentin befreundet, oder besser gesagt liiert. Die beiden verstehen sich sehr gut und haben keine Probleme mit dem Altersunterschied. Man kann das wirklich nicht verallgemeinern. Aber wenn du eine Unruhe in Victoria bemerkt hast, ist es schon möglich, dass sie zu den Menschen gehört, die ab und zu ein bisschen freiheitliche Luft schnuppern müssen. Du hattest also nur so ein Gefühl und gar keine Ahnung?"

Ich sah ihm aufmerksam ins Gesicht und versuchte in seinem Ausdruck etwas zu lesen, aber es zeigte keine Regung, keine Emotion.

„Ich kenne sie immerhin schon viele Jahre. Da lernt man jedes kleinste Zeichen zu verstehen. Sie wirkte etwas, ja, sagen wir einmal, abenteuerlustig. Auf der einen Seite oft ungeduldig und unzufrieden, auf der anderen Seite hatte sie manchmal einen bestimmtes Leuchten in den Augen, so wie sich ein Mensch mit Vorfreude benimmt."

„Dann hatte sie ein Geheimnis?"

„Ganz bestimmt. Aber leider hat sie sich mir nicht anvertraut, sonst könnte ich dir vielleicht jetzt weiterhelfen."

Wieder sah ich ihm prüfend ins Gesicht. „Wenn du dir die Leute hier im Team einmal anschaust, wen hältst du hier für verdächtig?"

„Pirelli natürlich. Vielleicht ging ihm der ewige Streit auf die Nerven. Oder er wusste davon, dass sie weggehen wollte, und hat alles getan, sie daran zu hindern. Ja vielleicht könnte es auch noch der Tierpfleger gewesen sein, oder vielleicht auch der Tiertrainer. Sie sind beide unglücklich verliebt in Victoria."

„Warum sollten sie sie dann umbringen?"

„Vielleicht hat es einer von ihnen auch einmal mit Gewalt bei ihr versucht und wollte nicht, dass sie zur Polizei geht und sie anzeigt."

Ich runzelte die Stirn. „Sind die beiden denn gewalttätig? Ich habe sie vorhin kurz kennengelernt. Sie machen mir nicht den Eindruck, brutal zu sein."

„Das sieht man den meisten Menschen nicht an. Es gibt Menschen, die nach außen hin ganz ruhig sind, aber dann plötzlich ausflippen, wenn es ihnen an den Kragen geht."

„Das war kein Mord im Affekt", berichtigte ich ihn. „Ein Giftmord ist geplant."

Er kniff die Augen zusammen. „Es könnte da rein zufällig etwas vom Gift herumgelegen haben. Gegen Ungeziefer für ihre Pflanzen. Vielleicht war es auch nur ein Unfall, ein Versehen."

Ich erinnerte mich plötzlich daran, dass mir Antonio Pirelli von einigen Pflanzen erzählt hatte, die Victoria in Töpfen mitgebracht hatte. Konnte sich darunter eine giftige befunden haben? Ob da jemand die Blätter davon mit einer Teepflanze verwechselt hatte? Vielleicht sogar die Tänzerin selbst? Ich musste darüber mit dem Kommissar reden und verabschiedete mich eilig von dem Zirkusdirektor.

Niklas war mit einem Verhör beschäftigt, und es dauerte eine Weile, bis er Zeit für mich hatte.

„Ich habe nun eine Reihe von Verdächtigen kennen gelernt", berichtete ich ihm. „Den Auktionshaus-Besitzer Will Holly, den Direktor der Kunstakademie Jérôme Grande, Jennifer Trento aus Italien, den Restaurator Max Kant, den Pferdepfleger und den Tiertrainer, sowie den Clown Pirelli und den Zirkusdirektor Mago. Bis jetzt ist mir noch nichts Auffälliges begegnet. Aber es muss noch irgendein Geheimnis geben, dass sich um Victorias Zukunft rankt. Gibt es bei dir schon Neuigkeiten?"

„Ja, wir wissen, dass es sich bei dem Gift um kein Pflanzenextrakt handelt. Die Untersuchung läuft gerade, um was es sich genau geht. Eine Kollegin von mir rätselte vorher schon einmal ins Blaue hinein, ob es sich vielleicht um einen Fliegenpilz, den giftigen Fingerhut oder Maiglöckchen handeln könnte. Das konnte allerdings alles inzwischen schon ausgeschlossen werden."

Ich berichtete ihm alles, was ich bisher erfahren hatte und machte ihm einen Vorschlag: „Was hältst du davon, wenn ich nach Grasse fahre und diese Beatrice suche?"

„Wie willst du sie finden, wenn du keinen Nachnamen hast?"

„Ich dachte an irgendwelche Abzeichen auf den Blumentöpfen, an denen man erkennt, von wo sie stammen? Habt ihr die schon genau untersucht? Und habt ihr das Handy schon näher angesehen?"

„In dem Handy, das wir gefunden haben, gab es keine Anhaltspunkte für irgendetwas, auch nicht für diese Bea. Wir denken, dass sie noch ein zweites Handy besaß, mit dem sie wahrscheinlich auch mit ihrer Freundin und dann auch mit ihren Geschäftspartnern telefoniert hat. Ich werde Ben und ein paar

Kollegen zu den Bauernhöfen ringsumher schicken. Vielleicht hat sie dort doch schon wegen eines Grundstücks angerufen, und man kann möglicherweise diesen Anruf dann auf ihr anderes Handy zurückverfolgen. Dann lasse ich Angelika, meine Kollegin, einmal die Blumentöpfe genau untersuchen. Vielleicht findet sie tatsächlich einen Hinweis auf den Vorbesitzer."

„Gut!" entschied ich mich. „Dann fahre ich morgen früh nach Frankreich und versuche dort mein Glück. Vielleicht möchte Emily mit mir fliegen."

Er lächelte wissend. „Das glaube ich nicht. Ich habe sie eben in der kleinen Laube neben dem Jasminbusch gesehen, mit Will Holly. Die beiden scheinen Sympathien für einander zu entwickeln."Ich erschrak. „Oh nein! Er ist einer von den Verdächtigen. Sie darf sich wirklich nicht in einen Mörder verlieben."

Niklas schmunzelte. „Er sieht aus wie ein wahrer Gentleman. Von ihm droht bestimmt keine Gefahr.“

Ich sah ihn mit großen Augen an. „Das sagst du? Du bist bei der Polizei und solltest dich davon nicht irritieren lassen. Außerdem verhalten sich alle Herren hier so wie Gentlemen. Nicht nur Mister Holly, sondern auch Max Kant, Jérôme Grande, der Zirkusdirektor und der Clown. Aber einer von ihnen ist vielleicht nur ein Wolf im Schafspelz.“

„Wir werden es herausfinden, Abigail“, versprach er mir. „Es ist jetzt noch alles rätselhaft, aber wir hatten auch noch nicht viel Zeit für genauere Nachforschungen. Willst du wirklich morgen fahren? Morgen Abend ist doch hier die Zirkusvorstellung. Vielleicht tut sich da auch etwas.“

„Ich glaube, dass du hier im Moment genug Helfer hast. Ich muss einfach mehr über Victoria herausfinden. Und glaube mir, eine beste Freundin weiß immer das meiste über eine Frau."

„Wenn du das sagst! Während du Emily fragst, ob sie dich begleitet, werde ich mich mit Angela um die Blumentöpfe kümmern, damit du nicht so ganz ziellos um die Stadt Grasse herum suchen musst."

„Prima", freute ich mich. „Dann muss ich jetzt leider im Pavillon stören."

Eine helle weibliche Stimme ertönte neben mir. „Wen musst du stören? Meinst du mich?" Emily sah mich schelmisch an. „Der Garten ist einfach wunderschön. Bei diesem Wetter muss man ihn genießen. Ich habe dort Mister Holly getroffen, und er hat mir sehr viel aus seiner herrlichen Heimat erzählt. Jetzt weiß ich eine Menge mehr als vorher."

„Du kannst dein Wissen noch mehr erweitern",
schlug ich ihr vor, „wenn ich morgen nach
Frankreich fahre, in die Gegend von Grasse, da
kannst du mich begleiten. Möglicherweise wirst
du dich dort auch mit Parfüm eindecken. Davon
gibt es dort genug, und nicht nur genug,
sondern auch ganz besonders edle Sorten."

Sie sah mich an, als hätte sie einen Geist
gesehen. „Aber Abigail! Wie kommst du denn
auf so eine absurde Idee?! Wenn du fort bist,
dann muss ich doch hier die Stellung halten.
Deine Freundin Laura wird dich vermissen, alle
hier, und du hinterlässt eine große Lücke.
Außerdem assistiere ich mittlerweile dem
Kommissar auch ein bisschen, weil er weiß,
dass ich demnächst mit meinem Jurastudium
beginne."

Ich staunte. „Ach, ich dachte, du wolltest
Erzieherin werden. Hast du deine Meinung
geändert?"

„Erzieherin, Juristin, was ist denn da für ein großer Unterschied?! In beiden Berufen bemühe ich mich darum, dass die Menschen vernünftig und gut durchs Leben gehen. Und als Hobbypsychologin bin ich ganz genial", scherzte sie. „Frankreich läuft mir ja nicht weg, und du bist so verliebt in dieses Land, da wird es bestimmt noch genug Gelegenheiten geben, mit dir einmal dorthin zu fahren. Außerdem habe ich Mister Holly versprochen, ihn morgen Abend zur Zirkusvorstellung zu begleiten. Und die will ich nun wirklich nicht verpassen, das kannst du doch bestimmt verstehen. Musst du denn wirklich so dringend dorthin?"

Ich nickte. „Ja, Emily. Es gibt da einige Rätsel, bei deren Lösung uns vermutlich nur diese Bea helfen kann. Aber wenn du willst, dann bleib ruhig hier! Allerdings könntest du mir hier inzwischen etwas weiterhelfen."

„Natürlich! Das ist doch ganz selbstverständlich. Ich werde dir jeden Gefallen tun. Was ist es denn?"

„Victoria muss irgendwo einen Koffer oder einen Kasten versteckt haben, indem sie etwas aufbewahrte, das sehr wertvoll sein muss. Ich vermute einmal, dass es vielleicht irgendeine sehr teure Essenz für ein paar Parfum ist. Das wäre sehr wichtig für alle weiteren Ermittlungen."

„Ich werde den ganzen Garten umgraben", versprach sie lachend, „falls das Moro zulässt."

„Untersteh dich!" drohte ich ihr lächelnd. „Als angehende Erzieherin oder Juristin wirst du schon eine gute Idee haben, wo man hier im Schloss oder im Garten etwas erfolgreich verstecken kann. Kann ich dich denn auch wirklich allein lassen?"

„Die gute Adelaide Rossini wird schon auf mich aufpassen", wusste sie und scherzte: „Ich werde dir dreimal am Tag schreiben und berichten, ob es mir gut geht. Und außerdem wird mich Will Holly mit Sicherheit ebenfalls beschützen. Ich glaube, du hast ganz vergessen, dass ich schon erwachsen bin."

„Im Moment ist hier nicht gerade eine sehr beruhigende Atmosphäre. Möglicherweise läuft hier ein Mörder frei herum. Und außerdem kann ich mich noch gut an unser letztes Treffen vor einem halben Jahr erinnern. Als wir uns dabei gesehen haben, warst du gerade unglücklich verliebt, gleichzeitig in einen Lehrer, in den Briefträger und unverständlicherweise auch in deinen Zahnarzt. Da musst du dich nicht wundern, wenn ich mir jetzt ein bisschen Sorgen um dich mache. Ich habe nichts dagegen, wenn du mir tatsächlich öfters einmal am Tag eine Kurznachricht schickst. Dazu wirst du doch bestimmt Zeit finden, oder?"

„Ich verspreche es dir hoch und heilig!" Sie zwinkerte mir zu. „Und du denkst in Frankreich bitte auch daran, dass hier auf dich ein charmanter italienischer Mann wartet! Und jetzt wollen wir zu Adelaide in die Küche gehen. Sie hat schon ein paar Mal gerufen und erwartet alle Gäste zu einem besonders schmackhaften Essen."

***

Rechtzeitig vor meinem Abflug hatte der Kommissar bei seinen Untersuchungen eine Adresse gefunden, die man Victorias Aufenthalt in Frankreich zuordnen konnte. Unter ihren Papieren befand sich die Anschrift eines kleinen Dorfes wenige Kilometer von Grasse entfernt, unter der Hausnummer 7 hatte sich die Tänzerin in der Rue D`Avignon angemeldet. Ihren neuen Personalausweis hatte sie bereits in Sankt Augustine ändern lassen. So hoffte ich dort diese geheimnisvolle Bea anzutreffen und machte mich nach einem ruhigen Flug und einer kurzen Fahrt in einem Leihwagen zu der geheimnisvollen Unbekannten auf.

Während ich den restlichen sonnigen Weg vom Parkplatz aus zwischen Rosenfeldern einherschritt, malte ich mir in Gedanken ein Bild von der Villa der Parfüm-Fabrikantin aus. Ob sie wohl so herrschaftlich aussah wie das prächtige Anwesen von Hugo Petit? Ob mich diese vornehme Dame Beatrice überhaupt herein ließ oder mir durch geschultes Personal den Eintritt verwehrte?

Am Ende der Straße entdeckte ich ein kleines graues Natursteinhaus, verwuchert von vielen südländischen Pflanzen und duftenden Blüten.

Eine ältere Dame mit gepflegtem grauen Haar, gekleidet in einfaches Schwarz öffnete mir die Tür und fragte nach meinen Wünschen.

„Sind Sie Madame Beatrice, eine Freundin von Victoria, der Tänzerin?"

Sie sah mich erstaunt an. „Wenn Sie Victoria Güter meinen, die vorübergehend wieder zu ihrem Zirkus zurückgegangen ist, dann bin ich die Frau, die Sie suchen. Mein Name ist Beatrice Bijou. Was wünschen Sie denn von mir?"

„Ich bin Abigail Mühlberg aus Sankt Augustine, von Beruf Journalistin. Darf ich einen Augenblick zu Ihnen hereinkommen?"

Sie nickte und führte mich in ein geräumiges Wohnzimmer. Hier entdeckte ich nun, dass die übrige Wohnung und das Inventar sowohl von Geschmack als auch von einem gut gefüllten Geldbeutel zeugten. Kostbare Bilder und Teppiche verrieten den Kunstverstand der Parfümeurin.

Nachdem sie mir eine Erfrischung kredenzt hatte, setzte sie sich zu mir auf einen kostbaren Sessel und sah mich aufmerksam an. „Weshalb sind Sie zu mir gekommen? Hat Victoria Sie geschickt?"

Mit wenigen, aber einfühlsamen Worten berichtete ich ihr von dem Tod der Tänzerin, der sie sehr erschütterte. Ich brauchte eine ganze Weile, um sie zu trösten, bevor ich auf mein eigentliches Anliegen zurückkommen konnte.

„Wussten Sie, dass Victoria in Sankt Augustine einige Felder kaufen und dort Pflanzen und Blumen züchten wollte? Wussten Sie, dass sie sich dort als Parfümeurin eine neue Existenz aufbauen wollte?"

Sie nickte eifrig. „Natürlich. Das haben wir so miteinander besprochen. Ich wollte ihr Samen schicken und ihr einige Adressen nennen, unter denen sie die besonderen Pflanzen bestellen konnte. Sie hat ja eifrig bei mir gelernt, und sie wusste nicht nur, was eine Basis-, eine Herz- und eine Kopfnote ist. Sie hatte nicht nur eine ausgezeichnete Nase, sondern das Gefühl dafür, wie man Essenzen harmonisch zusammen mischt. Ich denke, sie wäre sehr erfolgreich damit geworden."

Ich sah sie nachdenklich an. „Sehen Sie da ein Mordmotiv? Kann es sein, dass ihr jemand diese neue Existenz nicht gönnte? Kann es sein, dass sie eine Konkurrenz für andere gewesen wäre?"

Madame Beatrice schüttelte den Kopf. „Auf keinen Fall. Sie wollte keine große Fabrik eröffnen. Sie träumte von einer kleinen Parfümerie mit wenigen, aber kostbaren Düften. Von hier, von Frankreich ist sie so weit weg, dass sie den vielen Parfüm-Fabriken hier ganz bestimmt keine Konkurrenz sein kann. Und soviel ich weiß, gibt es in Sankt Augustine und der ganzen Umgebung dort auch keine Konkurrenz, das hatte sie sich vorher alles reiflich überlegt und recherchiert."

„Wann hat sie Ihnen denn zum letzten Mal geschrieben? Hat sie Ihnen irgendetwas über Feinde gesagt, wie war ihr Verhältnis zu Pirelli und dem Zirkusdirektor? Und wissen Sie irgendetwas von einem besonderen Paket, dass sie gehütet haben soll wie einen Augapfel?"

„Das sind eine ganze Menge Fragen. Aber ich werde Sie Ihnen nacheinander beantworten. Und wenn ich irgendetwas nicht weiß, dann werde ich auch noch Melanie Breitenstein anrufen. Sie wohnt auch hier in der Nähe und ist meine Geschäftspartnerin.“

„Möglicherweise würde ich sie auch noch gerne befragen. Aber zuerst hätte ich gern ihre Meinung gehört.“

Sie blickte mich freundlich an. „Aber natürlich, gern. Wann sie mir das letzte Mal geschrieben hat? Die letzte ausführliche Mitteilung war vor einer Woche. In den letzten Tagen gab es nur noch Kurznachrichten, aber das lag einfach daran, dass sie sehr beschäftigt war. Sie musste proben für die Aufführung und wollte außerdem ihr Zukunftsprojekt verwirklichen. Sie hatte wohl sehr viel im Kopf, und da schrieben wir uns immer nur kurz ein paar aufmunternde Zeilen. Feinde hatte sie meines

Erachtens keine. Sie liebte Antonio Pirelli und wollte mit ihm gemeinsam ein neues Leben beginnen. Und sie freute sich darauf, sich endlich von Mago lösen zu können. Aber irgendwie fühlte sie sich von ihm nicht bedroht, sie konnte es nur nicht leiden, dass er ständig mit ihrem Verlobten herummeckerte. Ja, manchmal erzählte sie schon, dass ihr der Zirkusdirektor noch Avancen machte. Aber sie fand, dass sie das in dieser letzten Zeit auch noch aushalten würde. Von einem besonderen Paket mit geheimnisvollem Inhalt weiß ich nichts. Mir gegenüber hat sie davon nichts erwähnt. Sie hat ein paar Samen mitgenommen, und ich habe ihr versprochen, vieles zu schicken, sobald ihre neuen Plantagen vorbereitet seien. Wissen Sie, es hätte ja jetzt noch keinen Zweck gehabt, dort großartig schon Pflanzen zu bunkern, bevor sie die Felder gekauft hat."

„Das kann ich gut verstehen. Aber welchen Schatz mag sie gehütet haben, den nicht einmal ihr Freund sehen durfte?"

Beatrice überlegte. „Das ist nicht leicht zu sagen. Vielleicht war es eine besondere Essenz, die sie zufällig doch schon vorher irgendwo erworben hat. Eigentlich wollte sie aber alles Nötige für die Parfümerie erst später besorgen, wenn sie einen festen Standplatz gefunden hätte."

„Gibt es denn so teure Essenzen, die man wie einen Schatz hüten muss?"

„Natürlich, es gibt Parfüms, die über 350.000 Euro kosten. Und es ist bekannt, dass ein gewisser Parfümeur für einen Tropfen Essenz 170 Rosen benötigt. Da können Sie sich vorstellen, welche Werte zusammenkommen können. Es gibt natürliche und synthetische Essenzen, da sieht man natürlich auch Preisunterschiede. Aber, ehrlich gesagt, ich glaube nicht, dass es sich um so etwas handelt. Wir haben uns alles erzählt, besonders natürlich über ihr zukünftiges Projekt gesprochen. Wenn sie da irgendetwas Besonderes günstig erworben hätte, davon hätte sie mir ganz bestimmt erzählt."

„Was denken Sie denn, was es sein kann?" fragte ich hoffnungsvoll.

„Es war sicherlich ein Verlobungsgeschenk für Antonio", überlegte sie. „Ach nein, davon hätte sie mir ganz bestimmt auch erzählt. Oder sie hat dieses Etwas erst in den letzten zwei Tagen erworben, als wir uns nur noch Kurznachrichten schrieben. Vielleicht wollte sie mir denn in Ruhe nach der Vorstellung darüber berichten."

Ich entschuldigte mich kurz, weil eine Nachricht von Niklas auf meinem Handy erschienen war. Nachdem ich sie gelesen hatte, nahm ich das Gespräch wieder auf. „Das passt gerade. Der ermittelnde Kommissar teilte mir gerade mit, dass sie bei Victoria Sachen weder einen Koffer, noch ein Paket, noch irgendetwas Außergewöhnliches, nicht einmal ein Hinweis wie zum Beispiel eine Quittung gefunden haben. Das erhärtet bei mir natürlich den Verdacht, dass sie jemand wegen dieses wertvollen Gegenstandes ermordet hat."

Sie wiegte den Kopf hin und her. „Aber vergessen Sie nicht die Möglichkeit eines Mordes aus Eifersucht."

„Nein, ganz bestimmt nicht. Bei den Ermittlungen stecken wir noch ganz am Anfang. Während ich Ihnen hier einen Besuch abstatte, ermittelt mein guter Freund Niklas in St. Augustine. Der Kriminalkommissar ist mit seinem Team daheim gerade beschäftigt, alle Bewohner des Schlosses, alle Gäste und das ganze Zirkusteam zu befragen. Ich habe einige Personen von ihnen auch schon ganz kurz kennengelernt, aber noch nicht genug, um mir ein Urteil erlauben zu können. Der Zirkusdirektor, der Clown und einige Angestellte um sie herum wirkten bis jetzt auf mich sehr seriös, aber das hat bekanntlich nichts zu sagen. Was hat sie Ihnen denn über ihren Chef und ihren Freund gesagt? Hat sie ihnen vollkommen vertraut?"

„Das glaube ich schon. Wenn sie ihrem ehemaligen Chef misstraut hätte, wäre sie sicherlich nicht zu ihm zurückkommen, auch nicht für eine kurze Zeit. Falls er wirklich der Mörder ist, was sie sehr arglos. Und in Antonio war sie sehr verliebt. Ja, ich glaube, er war ihre große Liebe, die sie nun endlich gerade gefunden hatte. Ihm hat sie mit Sicherheit vertraut. Ist es denn ganz sicher, dass es wirklich ein Mord war?"

„Im Moment geht man davon aus, weil man nichts sonst gefunden hat, keine Reste des

Giftes, nichts an ihren Fingern, nichts in ihren Räumen. Sie war an dem Abend noch spazieren. Möglicherweise hat sie dabei jemanden getroffen, der ihr das Gift verabreicht hat. Es muss etwas gewesen sein, dass nicht sofort wirkt. So ist sie dann später in ihrem Zirkuswagen erst gefunden worden."

Beatrice überlegte. „Natürlich, in diesem Fall könnte man natürlich auch einen Selbstmord nicht ausschließen. Rein theoretisch hätte sie eine Flasche oder ein Gefäß mit dem Gift auch auf ihren Spaziergang mitnehmen können, möglicherweise kann man damit auch aus dem Gelände des Schlosses herausgehen, Konstruieren wir die Sache einmal weiter: Sie könnte dann in irgendeinen anderen Park oder in die Stadt gegangen sein, hat dann das Mittel genommen und die neutrale Flasche entsorgt, irgendwo in einen Mülleimer. Aber dagegen spricht natürlich, dass sie überhaupt keinen

Grund hatte, sich das Leben zu nehmen. Sie war glücklich, glücklich mit Pirelli und glücklich mit den Ideen für ihr neues Berufsleben. In solch einem Gemütszustand bringt sich doch keiner um."

„Ja, so weit sind wir auch schon gekommen. Und warum sollte ihr irgendeiner das Gift geben, wenn er sie nicht umbringen wollte. Und außerdem ist dieses mysteriöse, wertvolle Paket verschwunden. Da muss es doch einen Zusammenhang geben."

„Richtig, Abigail. Oh, Entschuldigung! Jetzt habe ich Sie einfach mit Du angesprochen. Das war so im Eifer des Gesprächs, es tut mir leid."

Ich lächelte die schöne Französin an. „Oh, nein. Das muss dir nicht leid tun. Ich hatte auch gleich so ein vertrautes Gefühl. Sagen wir doch du zueinander, Beatrice!"

Sie stand auf, ging an eine kleine Vitrine, der sie eine Flasche mit bräunlichem Inhalt entnahm. Aus einem weiteren Glasschrank holte sie zwei kostbar geschliffene Gläser und füllte braune Flüssigkeit hinein. Sie reichte mir ein Glas. „Auf unser Kennenlernen, liebe Abigail! Auch wenn wir uns unter so traurigen und schlimmen Umständen hier treffen, so habe ich das Gefühl, dass doch etwas Gutes daraus werden wird. Und ich werde mich natürlich sehr anstrengen, dir in irgendeiner Weise zu helfen. Das bin ich nicht nur meiner Freundin Victoria schuldig, das möchte ich auch deinetwegen tun, denn ich merke, wie viel dir daran liegt, den Mörder von Victoria zu finden."

In diesem Augenblick klopfte es an der Tür. Beatrice entschuldigte sich, um nachzusehen, wer sich da bemerkbar machte.

Wenige Augenblicke später kam sie mit einer blonden, ebenfalls elegant gekleideten Frau mittleren Alters herein und stellte sie mir vor.

Das kurz geschnittene Haar hob ihr klassisches Profil hervor. „Das ist meine Freundin Melanie Breitenstein, sie wohnt schon seit etlichen Jahren hier in Frankreich. Früher wohnte sie in Hamburg und arbeitete in einer Parfümerie. Aber irgendwann hatte sie den Wunsch, eigene Parfüms herzustellen, und so kam sie dann nach Grasse. Wir arbeiten zusammen und sind gemeinsam sehr kreativ."

„Das hört sich sehr interessant an", fand ich. „Ich wünschte, ich hätte mehr Zeit und könnte mir die Herstellung eines Duftes einmal ansehen. Ich weiß überhaupt nichts Genaues darüber."

„Wie schade!" bemerkte Melanie. „Ich kann Ihnen gern einmal alles zeigen. Falls Sie jetzt überhaupt den Kopf für so etwas haben. Meine Freundin hat mir schon erzählt, was da in Sankt Augustine Schlimmes geschehen ist. Ich kannte Victoria nicht wirklich. Ein paar Male habe ich sie von weitem gesehen. Aber meine Freundin Beatrice hat mir natürlich viel von ihr erzählt, vorher, weil sie so begeistert von ihr war."

„Darf ich einmal ganz indiskret sein und eine dumme Frage stellen, Frau Breitenstein?"

Die elegante Dame nickte. „Aber natürlich! Fragen Sie alles, was Sie möchten!"

„Victoria hat doch eine ganze Weile in Frankreich gelebt. Und Sie führen mit Beatrice gemeinsam die Firma. Hat sich da keine Gelegenheit ergeben, die junge Frau näher kennenzulernen?"

Sie sah mich mit großen Augen an. „Es gab keine Antipathie zwischen uns, falls Sie das vermuten. Wir nickten uns gegenseitig immer freundlich zu, wenn wir uns zufällig von weitem sahen. Aber jeder von uns hatte sehr viel zu tun. Victoria war zu dieser Zeit im Minizirkus und übte dafür fast den ganzen Tag. Die restliche Zeit verbrachte sie mit meiner

Freundin Beatrice, die sie dann auch in die Geheimnisse des Parfüms einführte. Und meine Freundin und ich, wir arbeiten auch sehr häufig in verschiedenen Gebäuden der Firma, die nicht zusammen liegen. Ganz nah bei Grasse haben wir das Labor, und einige Kilometer weiter weg die Fabrik, in denen auch die Vorräte lagern. Da haben wir alles, was das Herz begehrt."

„Und was ist das?" fragte ich neugierig.

„Fantastische Zutaten. Für die Herznote verwenden wir Rosen, Jasmin, Veilchen, Hyazinten und Mimosen und viele andere Blütenessenzen. Natürlich verwenden wir auch fruchtige Zutaten wie Orangen, Zitronen, Pfirsiche, Erdbeeren. Einen ganzen Fruchtcocktail könnte man damit servieren. Und Sie werden staunen, was Sie sonst bei den Süßigkeiten kennen, dass verwenden wir auch als Duftstoffe für die Parfüms: Karamell, Zucker, Schokolade, Mandeln und andere

Riechstoffe. Synthetisch gibt es bei uns auch etliche, wie zum Beispiel den Moschus. Aber auch alles, was im Wald wächst, werden Sie unter unseren Zutaten finden. Da gibt es zum Beispiel Gräser und Farne, Moose und Rinden, Sandelholz und Wacholder."

„Das würde ich mir zu gern einmal anschauen", teilte ich ihr mit Begeisterung mit. „Ich liebe die Düfte, gar zu gern würde ich daran schnuppern."

„Wie lange sind Sie denn hier noch in Frankreich?" erkundigte sie sich. „Ich könnte Ihnen ein paar Pröbchen besorgen."

„Das wäre wirklich ganz reizend von Ihnen", fand ich. „Ich denke, ich werde schon morgen wieder zurückfliegen.. Mein Chef hat mir ein hübsches kleines Hotelzimmer im Ort bestellt. Dann kann ich morgen Vormittag noch ein bisschen recherchieren und, wenn alles klappt fliege ich morgen Mittag wieder zurück."

Sie lächelte mich an. „Dann schaffen wir das schon. Bis dahin komme ich ins Geschäft und wieder zurück. Welche Erkenntnisse erhoffen Sie sich denn jetzt von hier? So sehr lange hat Victoria ja hier nicht gelebt. Glauben Sie denn, dass Ihnen diese Reise Aufschlüsse bringt?"

„Das hoffe ich, liebe Frau Breitenstein. Während der Kriminalkommissar mit seinem Team die Leute im Zirkus vernimmt, und natürlich alle Gäste im Schloss von Sankt Augustine, hoffe ich hier etwas mehr über Victoria zu erfahren. So viel wie ich weiß, ist Beatrice ihre beste Freundin gewesen, und die wissen doch immer am meisten. So hatte ich es mir wenigstens vorgestellt."

„Da haben Sie natürlich Recht. Und? Konnte Ihnen Beatrice etwas Aufschlussreiches erzählen?"

„Mit Sicherheit kenne ich jetzt Victoria wieder ein bisschen besser, ja. Freunde sagen immer sehr viel über eine Person aus, und diese junge Tänzerin wird mir immer sympathischer. Sie war ein Mensch mit einem Ziel vor den Augen. Sie wusste, was sie wollte, und sie hat alles daran gesetzt, ihre Träume zu verwirklichen. Wenn ich mir so ihr Leben betrachte, dann stimmt es mich schon sehr betroffen und traurig, dass sie jetzt aus diesem Leben herausgerissen wurde, gerade, als sie den Mann ihrer Träume gefunden hatte."

„Ja, das ist manchmal schon seltsam im Leben. Oft werden die großen Künstler auf dem Höhepunkt ihrer Karriere aus dem Leben gerufen. Das Schicksal geht oft seltsame Wege. Und doch mag es einen trösten, dass sie an ihrem Ziel angekommen war, bevor sie starb. Nicht alle Menschen lernen die große Liebe ihres Lebens überhaupt kennen. Nicht alle wissen, was sie glücklich macht. Victoria konnte erleben, dass sie sich mit dem Beruf einer Parfümeurin einen Lebenstraum erfüllen würde. Ich denke, sie muss in der letzten Zeit sehr glücklich gewesen sein."

„Ein kurzes Glück", meinte ich bedauernd. „Sie war noch so jung, und ganz am Anfang ihrer Karriere. Wem war sie wohl im Weg? Wem hat sie etwas getan, das eine solche Reaktion hervorrief?"

„Vielleicht hatte sie eine Rivalin oder eine Konkurrentin? Gibt es da vielleicht jemanden im Zirkus, in dem sie in Sankt Augustine arbeitete?"

„Ja, da gab es eine Tänzerin, sie heißt Elli. Und ich habe sie noch nicht befragt. Sie steht noch auf der langen Liste derjenigen, die sich zu der Zeit in ihrer Nähe befanden."

„Dann würde ich sie mir aber schnell einmal ansehen", schlug Frau Breitenstein vor. „Das klingt für mich schon verdächtig. Ist der

Kommissar denn noch nicht auf diese Idee gekommen?"

„Sie ermitteln ja schon und arbeiten langsam alles ab. Bis jetzt ist der Kreis der Verdächtigen ja noch riesengroß. Und ein wirkliches Motiv haben wir ja noch nicht festgestellt. Aber dieses geheimnisvolle Paket fehlt. Und deswegen fand ich eine Befragung dieser Elli nicht ganz so dringend."

Sie zog die Augenbrauen hoch. „Ein Paket? Was für ein Paket?"

„Das wissen wir auch nicht. Sie hat ihrem Verlobten gegenüber einige Andeutungen gemacht, aber nichts Genaues erzählt. Dieses Paket befindet sich nicht unter ihren Sachen, und der Verlobte hat es auch nicht. Sie hat ja keine Wohnung, wo sie es versteckt haben könnte. Da gibt es ja nur den kleinen Zirkuswagen, und dort war es nicht. Ich bin sicher, dass mein Freund Niklas, der

Kommissar, inzwischen auch überall gesucht hat."

„Ein Paket? Wenn sie sich eine neue Existenz gründen wollte, wie mir Beatrice erzählt hat, dann war vielleicht Geld oder Gold darin. Das wird sie sicherlich nicht in ihrem Gepäck, sondern wahrscheinlich in einem Schließfach versteckt haben. Vielleicht finden Sie es in Sankt Augustine auf dem Bahnhof?"

Ich schüttelte den Kopf. „Nein, das glaube ich nicht. Der Täter wird das Päckchen mitgenommen haben. Sonst hätte sie es bestimmt dem Schlossbesitzer Moro Rossini gegeben, der hätte es im Safe des Schlosses aufbewahrt. Dort wäre ein Schatz auch gut aufgehoben gewesen."

„Und in diesem Tresor ist kein Paket?" erkundigte sie sich.

„Nein, das hätte mir Rossini schon erzählt. Der Schlossbesitzer Moro und seine Frau Adelaide sind meine Freunde, und wir haben uns vor dieser Reise noch einmal gemeinsam beraten. Wenn im Schloss von Sankt Augustine irgendetwas geschieht, dann arbeiten wir alle immer wie ein gutes Team zusammen. Dies ist nicht der erste Fall, der dort gelöst wird."

Sie sah mich bedauernd an. „Oh, dann haben Sie sicher noch eine Menge zu tun. Aber ich jetzt auch. Ich habe mich doch tatsächlich jetzt festgequatscht. Leider habe ich in einer halben Stunde einen wichtigen Termin, sonst hätte ich Sie und meine Freundin Beatrice nachher zum Essen eingeladen."

„Das tut mir leid", beeilte ich mich zu sagen. „Sie haben bestimmt etwas mit ihrer Freundin zu besprechen. Ich werde erst einmal mein Hotel aufsuchen und mich dort anmelden. Lassen Sie sich bitte nicht stören!"

„Sie müssen jetzt nicht so eilig gehen!" Melanie sah mich entsetzt an. „Das sollte jetzt wirklich keine Aufforderung sein, Ihren Besuch hier zu beenden. Da haben Sie mich missverstanden. Ich bin auch gar nicht hierhergekommen, um meiner Freundin einen längeren Besuch abzustatten, sondern habe ihr nur etwas frisches Obst vorbeigebracht. Das mache ich oft, wenn ich gerade für unsere Parfümerie Einkäufe getätigt habe. Beatrice's Häuschen liegt auf meinem Heimweg."

„Trotzdem", beharrte ich, „sicherlich möchten Sie ein paar private Worte miteinander wechseln." Ich erhob mich und verabschiedete mich. „Aber vielleicht darf ich Sie beide heute Abend in ein nettes Restaurant nach Grasse einladen?" Ich sah die beiden Frauen erwartungsvoll an.

Beatrice lächelte. „Ich nehme die Einladung an, wenn ich die Rechnung bezahlen darf."

„Ich habe leider heute Abend auch einen Termin", bedauerte Melanie. „Aber ganz herzlichen Dank! Ich werde versuchen, morgen Vormittag noch einmal vorbeizukommen. Falls Sie sich aber überlegen, noch länger in Frankreich zu bleiben, führe ich Sie gern ein bisschen im Labor oder im Lager herum."

„Oh, vielen Dank für Ihr Vertrauen, liebe Frau Breitenstein. Sicherlich werden Sie nicht jedem erlauben, diese besonderen Räume zu betreten."

„Nein, natürlich nicht. Aber in unsere guten Rezepte lasse ich sie natürlich nicht hineinschauen", versuchte sie einen Scherz. „Wir sehen uns dann morgen."

***

Auf dem Weg zum Hotel versuchte ich, dass Erlebte und meine neuen Bekanntschaften einzuordnen. Da war Beatrice, Victorias Freundin. Hatte ich wirklich neue Erkenntnisse durch sie gewonnen? Und es gab Melanie, die die Tänzerin gar nicht wirklich gekannt hatte. Über das geheimnisvolle Päckchen wussten beide nichts, was also machte ich noch hier?

Heute Abend war die Zirkusvorstellung in Sankt Augustine, und ich konnte keinen der Verdächtigen beobachten.

Ich telefonierte mit Niklas und berichtete ihm die wenigen Dinge, die ich über Victoria erfahren hatte.

„Immerhin, inzwischen wissen wir, welches Medikament bei ihr zum Tod geführt hat. Es war ein hochkonzentriertes Schlafmittel, das sie in Wasser zu sich genommen hat. Bei der Obduktion konnte man inzwischen sogar die Uhrzeit ziemlich genau feststellen. Das muss gewesen sein, während sie sich im Schlosspark aufhielt."

Ich staunte. „Einen Augenblick lang glaubte ich nun schon wieder an einen Suizid. Aber warum sollte sie ein Mittel während eines Spaziergangs einnehmen und sich dann hinterher in ihrem Wohnwagen schlafen legen? Sie hätte es genauso gut in ihrem Bett einnehmen können, wenn sie sich das Leben hätte nehmen wollen."

„Wir haben das Wasser überprüft, mit dem sie das Medikament zu sich nahm. Das war am Delphinbrunnen im Park, dort fließt Trinkwasser, und von dort hat jemand Wasser vermutlich in ein Glas gefüllt und es ihr mit dem Medikament zum Trinken gegeben. Aufgrund ihrer neuen Berufsziele hatten wir eigentlich an ein anderes Gift gedacht."

„Ein anderes Gift? Wieso? Wie kommst du darauf?"

„Sie hat doch jetzt mit vielen Pflanzen und Pflanzenextrakten arbeiten wollen. Da hatten wir ja ursprünglich an so etwas wie Maiglöckchen oder andere hochgiftige Pflanzen gedacht. Die gibt es dort doch bestimmt bei der Parfümherstellung."

„Natürlich gibt es hier sicherlich giftige Substanzen in den Pflanzen, aber damit haben Beatrice und Melanie bestimmt nichts zu tun. Ich vermute, ihre Essenzen sind giftfrei. Und außerdem, wie sollten die Verdächtigen in Sankt Augustine an giftige Substanzen aus Frankreich kommen? Jetzt kann ich deinen Gedankengängen wirklich nicht folgen. Es wusste ja dort außer Pirelli noch niemand, was Victoria für ihre Zukunft vorhatte."

„Das kann man nicht so sagen. Es könnte jemand die beiden bei einem Gespräch belauscht haben, der Zirkusdirektor zum Beispiel. Und Antonio hatte Gelegenheit, sich etwas mitzubringen aus den Gewächshäusern der Parfümerie in Frankreich. Schließlich hat er die junge Tänzerin von Italien aus dort abgeholt."

„Aber das hat sich ja nun erledigt", fand ich.

„Ein Schlafmittel kann man sich überall besorgen, dafür muss man nicht um die halbe Welt herumreisen. Ich frage mich langsam auch, was ich hier noch soll. Hoffentlich erfahre ich heute Abend beim Essen noch irgendetwas Wichtiges von Beatrice, morgen Mittag fliege ich wieder pünktlich zurück. Wie sieht es mit der Tänzerin Elli aus? Sie ist jetzt Victorias Nachfolgerin. Hat sie schon jemand eingehend überprüft?"

„Bis jetzt macht sie uns noch keinen verdächtigen Eindruck, aber wie du weißt, das hat überhaupt nichts zu sagen, ihr harmloses Auftreten kann auch gespielt sein. Wir sind alle sehr neugierig, ob das Zirkusteam heute Abend wirklich einfach so auftreten kann, als wäre nichts geschehen. Von ihrem Verhalten erhoffen wir uns auch einige Aufschlüsse."

„Dann wünsche ich dir für heute Abend viel Glück, Niklas! Ich hoffe, dass Beatrice heute Abend auch noch irgendetwas zu Victoria einfällt, das uns weiterhelfen kann. Weiß denn irgendjemand noch etwas von diesem geheimnisvollen Paket?"

„Nein, niemand. Wir haben auch alles noch einmal danach abgesucht, den ganzen Garten, und auch im Schloss alle geheimen Verstecke."

„Bärchen könnte uns helfen", überlegte ich. „Du erinnerst dich doch bestimmt noch an den lustigen Hund mit dem Namen Bärchen, der uns beim letzten Mal so hervorragend geholfen hat. Er hat uns auf viele gute Spuren geführt. Am besten wendest du dich noch einmal an Maria, die Tiermedizinstudentin, die bei den Zwillingen auf dem Gutshof wohnt. Sie hat uns im letzten Fall diesen fantastischen Hund vermittelt."

„Das ist eine gute Idee. Ich werde deine Nichte Emily damit beauftragen, wenn du nichts dagegen hast. Sie könnte sich darum kümmern, denn sie will mir ganz eifrig helfen."

„Nein, warum sollte ich etwas dagegen haben. Ich freue mich, wenn sie dir hilft. Dann ist sie wenigstens gut beschäftigt. Ist sie denn sonst brav?"

Niklas lachte. „Brav? Wie kann sie etwas anderes sein als brav, wenn sie so verliebt ist. Der nette Will Holly macht alles mit ihr gemeinsam. Die beiden sind unzertrennlich, und alle im Schloss freuen sich darüber, weil sie so ein nettes Pärchen sind."

Ich stöhnte. „Natürlich macht er auf den ersten Blick einen guten Eindruck. Aber vergiss bitte nicht, dass er auch zu den Verdächtigen gehört. Mir fällt zwar noch kein Motiv für ihn ein, aber ich lasse meine Fantasie einmal etwas spielen. Warte einmal! Wir vermissen dieses geheimnisvolle Päckchen. Das könnte einen Wert für jeden von den Gästen oder auch vielleicht für die Zirkusleute gehabt haben. Lassen wir das Team von Mago einmal ganz außer Acht. Spekulieren wir doch einfach einmal, dass Victoria einen wertvollen Kunstgegenstand besaß, der für alle die kunstliebenden Gäste interessant war. Vielleicht ein wertvolles Gemälde, dass sie an Moro oder einen der anderen Kunstkenner verkaufen wollte, um damit Geld für ihr Grundstück zu bekommen."

„Und dann, Abigail?"

„Das ist doch jetzt ganz einfach zum Weiterspinnen. Jérôme Grande hat hier in Frankreich eine Kunstakademie und ein kleines Museum, der könnte scharf sein auf ein besonders wertvolles Bild. Das gleiche gilt natürlich auch für Will Holly mit seinem Auktionshaus in England. Wen haben wir denn da noch? Da hätten wir dann noch Max Kant, den Restaurator aus Deutschland, ebenfalls ein Kunstliebhaber. Jennifer Trento hat sich zwar noch nicht so sehr über all ihre Hobbys geäußert, aber sie zeigte sich jedenfalls auch sehr interessiert an Rossinis Bildern und Skulpturen. Wer weiß, ob sie nicht ihrem Mann etwas Schönes und Wertvolles aus Deutschland mitbringen wollte. Jeder von ihnen könnte sie dann betäubt haben, um ihr dann das Bild oder die Skulptur abzunehmen."

„Nicht nur betäubt, liebe Abigail. Wenn ich deine Theorie einfach einmal weiterspinne, dann muss der Täter Victoria das Gift ja im Wasser verabreicht haben, wie wir annehmen, in einem Glas. Woraus trinkt man sonst Wasser?! Und deswegen musste er auch damit rechnen, von ihr hinterher als Täter erkannt und benannt zu werden. Daher musste er sie natürlich aus seiner Sicht heraus umbringen, um unerkannt untertauchen zu können. Wenn du tatsächlich damit Recht hast, könnte uns der Hund Bärchen wirklich behilflich sein. Vermutlich ist dann dieses geheimnisvolle Päckchen noch im Schloss in einem der Gästezimmer. Ich werde mich auf jeden Fall mit Maria in Verbindung setzen, damit sie uns behilflich ist."

„Gut, Niklas, und ich habe anscheinend dann doch noch hier etwas mehr zu tun im schönen Frankreich. Ich werde mich einmal nach der Kunstakademie von Jérôme erkundigen, die soll schließlich in Grasse sein. Vielleicht erfahre ich dort etwas über den mir eigentlich sonst sehr sympathischen Franzosen. Wenn ich doch schon einmal hier bin …"

„Eine gute Idee!" fand auch der Kommissar. „Ich habe Monsieur Grande auch schon etwas näher kennen gelernt, und finde ihn persönlich sehr sympathisch. Aber wir müssen ja tatsächlich professionell denken und unsere persönlichen Gefühle aus dem Spiel lassen, wie wir das normalerweise auch tun. Ich werde also die Künstler etwas im Auge behalten."

Er wünschte mir eine angenehme, aber auch eine erfolgreiche Zeit und versprach mir, sich sobald wie möglich wieder zu melden.

***

Von dem Fenster des hübschen kleinen Hotels aus hatte ich einen weiten Blick über die idyllischen alten Häuser, die im Sonnenschein des späten Nachmittages eine friedliche Atmosphäre ausstrahlten. Nachdem ich das Gepäck verstaut und mir eine warme Dusche gegönnt hatte, wandte ich mich an die freundliche Dame der Rezeption.

„Kennen Sie vielleicht die Kunstakademie des Monsieur Jérôme Grande?"

Sie überlegte einen Augenblick. „Nein, aber ich kann hier gern im Internet für Sie etwas nachschauen, wenn Sie etwas darüber wissen möchten."

Eifrig tippte sie auf der Tastatur und blickte erwartungsvoll auf den Bildschirm. Sie nannte mir eine Adresse und fügte hinzu: „Da haben Sie aber Glück! Das ist gar nicht so weit weg von hier. Und das Museum hat auch noch geöffnet. Wenn Sie sich beeilen, dann lohnt sich auch noch der Eintritt."

Ich bedankte mich bei ihr und spazierte mit offenen Augen durch das Städtchen mit dem bezaubernden Flair. Ein paar Minuten später entdeckte ich das gesuchte Gebäude und fand den Eingang der Kunstakademie und des Museums.

An der Kasse begrüßte mich eine junge Frau. Ich bemühte mich, mein Schulfranzösisch herauszukramen, begrüßte sie ebenfalls und löste eine Eintrittskarte für das Museum.

„Schade, dass der Direktor nicht hier sein kann", bemerkte ich. „Sonst könnte er mich vielleicht selbst herumführen, und mir die Dinge zeigen, die man unbedingt gesehen haben muss."

„Das tut mir leid", bedauerte sie. „Er ist tatsächlich momentan nicht anwesend."

Ich lächelte sie an. „Ja, ich weiß. Er ist gerade in Sankt Augustine, dem Ort, in dem ich augenblicklich lebe."

Sie sah mich erstaunt an. „Das wissen Sie? Kennen Sie ihn etwa?"

„Ja, ich habe ihn vor kurzem kennengelernt, und ich finde, dass er ein außergewöhnlich sympathischer Mensch ist."

„Ach so, dann ist das etwas anderes. Dann sollte ich Ihnen vermutlich das Eintrittsgeld wiedergeben."

„Nein, da haben Sie etwas falsch verstanden. So habe ich das nicht gemeint. Es tut mir nur wirklich leid, dass er mir hier nicht die schönen Kunstwerke zeigen kann. Ich habe ja leider nicht so viel Zeit, und muss morgen Mittag schon wieder zurückfahren."

Sie zeigte ein bedauerndes Lächeln. „Ich muss leider hier an der Kasse bleiben, sonst hätte ich Sie herumgeführt. Aber drinnen finden Sie noch einen Herrn, der sich hier mit allem recht gut auskennt. Er kann Ihnen die besonderen Stücke zeigen."

Plötzlich kam mir eine Idee. Ich zauberte das Bild von Victoria aus meinem Handy und zeigte es der jungen Frau.

In ihren Augen leuchtete es auf. „Natürlich das ist ja die wunderbare Tänzerin vom Minizirkus. Sie war einfach genial, und ich habe mir jede Vorstellung von ihr angeschaut. Sie hieß Victoria und ist dann leider zu einem anderen Zirkus übergewechselt."

„Sie waren von ihr begeistert? Haben Sie sie näher gekannt?"

„Leider nicht. Meist war sie mit ihrem Mann zusammen, einem schönen jungen Italiener. Mit dem ist sie dann auch fortgegangen. Ich hatte immer noch den Wunsch gehabt, mir ein Autogramm von ihr zu holen, aber das hat dann doch irgendwie nicht geklappt. Einmal, da hätte ich es fast geschafft, in dem kleinen Café, da saß sie versteckt in einer Ecke. Aber da war diese Dame bei ihr und hat sich so intensiv mit ihr unterhalten. Da habe ich es natürlich nicht gewagt, sie zu stören."

„Das war bestimmt die Parfümeurin Beatrice, bei der sie gewohnt hat, ihre Freundin, nicht wahr?"

„Nein, das war nicht Beatrice Bijou. Die kennt ja hier jeder. Bei der hätte ich auch keine Skrupel gehabt, einmal kurz zu stören. Aber diese fremde Dame sah sehr streng aus. Da habe ich mich wirklich nicht gewagt, Victoria anzusprechen."

„Würden Sie die Dame denn wiedererkennen, wenn ich Ihnen ein Bild von ihr zeige?"

„Ja, ich glaube schon. Wofür ist das wichtig?"

„Ach, nein, das ist nicht so wichtig. Jedenfalls nicht im Moment. Vielleicht komme ich noch einmal darauf zurück. Dann werde ich jetzt erst einmal hineingehen und mich an den Kunstschätzen erfreuen. Leider habe ich nämlich nicht so viel Zeit. Ich bin etwas später schon wieder mit Madame Bijou zum Essen verabredet."

Während ich mir die Bilder, Gemälde und Fotografien, sowie die Skulpturen ansah, überlegte ich, ob es wichtig sei, nach dieser fremden, strengen Frau zu suchen. Konnte sie mir etwas über Victoria sagen? Wusste sie etwas über dieses geheimnisvolle Paket? Wenn es gar keinen kleinen Koffer, kein kleines Paket gab? Wenn sich Antonio das alles nur ausgedacht hatte, um den Verdacht von sich abzulenken. Wenn es ein Mord mit dem Motiv der Eifersucht war? Oder eine Sache zwischen den Rivalinnen Elli und Victoria?

Wir wussten einfach noch zu wenig. Es gab noch kein eindeutiges Motiv und auch noch keinen, den man aus dem Kreis der

Verdächtigen herausheben konnte. Es half nichts, wir mussten uns mit winzigen Schritten begnügen, die uns neue Erkenntnisse brachten.

Die Kunstgegenstände vermochten mich nicht mehr abzulenken, ich verließ die Museumsräume und wandte mich noch einmal an die junge Frau an der Kasse.

„Wo könnte ich Sie erreichen, wenn ich noch Fragen an Sie habe?"

„Ab nachmittags bin ich hier immer im Museum", antwortete sie mir freundlich.

„Vermutlich fliege ich morgen Mittag schon wieder Richtung Sankt Augustine. Wären Sie so freundlich, mir Ihre private Telefonnummer zu geben?"

Sie sah mich einen Augenblick lang abschätzend an, dann lächelte sie. „Wenn sie Jérôme kennen und mit ihm die Liebe zur Kunst teilen, dann kann ich Ihnen bestimmt vertrauen." Sie kramte eine Visitenkarte aus ihrer Handtasche und reichte sie mir.

Die große Uhr im Flur sagte mir, dass es Zeit war, mich zu dem kleinen Restaurant zu begeben, in dem ich mit Beatrice verabredet war.

Ich verabschiedete mich von der freundlichen jungen Frau und spazierte durch die Straßen des Städtchens, wobei ich die Stimmung auf mich wirken ließ. Ich stellte fest, dass es mir auch hier ging, wie in vielen südlichen Städten Europas. Das Licht ließ die Farben der Häuser und Dächer in freundlicherem Licht erstrahlen als in den nördlichen Ländern.

Im Garten des Restaurants fand ich Beatrice, die unter einer Akazie saß und auf mich wartete.

„Oh, das mir aber leid", entschuldigte ich mich. „Ich wusste gar nicht, dass es schon so spät war."

Die hübsche Französin winkte ab. „Du bist nicht zu spät, Abigail. Ich hatte hier noch einen kurzen Termin in der Stadt und habe auch noch einen Freund getroffen, der mich zu einem Glas Wein eingeladen hat. Deswegen bin ich schon etwas früher hier gewesen. Ist dein Hotel in Ordnung? Konntest du dich etwas ausruhen?"

Ich erzählte ihr von meinem Besuch im Museum der Kunstakademie.

„Das war ja ein Erfolg!" freute sie sich. „Was für ein Zufall, dass sie ein Fan von Victoria war. Aber wer mag wohl diese geheimnisvolle, streng aussehende Frau gewesen sein. Von solch einer Dame hat sie mir nie etwas erzählt. Das ist schon merkwürdig."

„Vielleicht war sie auch nur ein Fan von ihr. Vielleicht haben die beiden sich zufällig im Café kennen gelernt."

Beatrice schüttelte den Kopf. „Nein, sie ging nie allein in ein Café oder in ein anderes

Restaurant. Sie war viel zu sparsam, um auswärts essen zu gehen. Nicht einmal einen Kaffee trank sie unterwegs. Nein, das tat sie wirklich nur, wenn sie eingeladen war."

„Dann war diese Frau sicher ein Fan, der sie eingeladen hat", vermutete ich.

„Sie ließ sich auch nicht von Fremden einladen. Und von ihren Fans hier hielt sie auch nicht viel. Sie sagte, diese Fanverehrung sei nur eine Modesache. Heute liebten sie den und morgen einen anderen. In Wirklichkeit würde sich doch keiner für ihre Person interessieren. Das sei nur eine Bewunderung für irgendeine talentierte Tänzerin. In Wirklichkeit würde es niemanden interessieren, wie es in ihrem Herzen aussehe."

„Dann war sie doch im Inneren traurig oder depressiv?"

Der Kellner fragte uns nach unseren Wünschen und Beatrice bestellte Wein und Wasser und die Vorspeisen für uns.

Als er sich entfernte, erinnerte sie sich an meine Frage. „Nein, Abigail, wirklich nicht! Sie meinte damit die Zeit, bevor sie Antonio kennengelernt hatte. Da muss sie oft einsam und traurig und verzweifelt gewesen sein. Den Zirkusdirektor, den hatte sie nicht geliebt, dem war sie nur dankbar gewesen. Aber seit sie Pirelli kannte, war sie die glücklichste Frau der Welt. Von dem Augenblick an war eine neue Hoffnung in ihr geboren, die ihr die Kraft gab, eine andere Zukunft zu planen."

„Also gut, dann können wir wirklich davon ausgehen, dass sie ermordet wurde. Ich habe eben noch einmal mit dem Kommissar über alles gesprochen. Einen Augenblick lang habe ich angenommen, dass der Täter sie vielleicht betäuben wollte und sich bei der Dosierung vertan hat. Aber Niklas meinte, jemand habe ihr das Medikament verabreicht. Der konnte dann nicht das Risiko eingehen, dass sie ihn erkennt und ihn hinterher verrät. Das ist total kompliziert, denn das deutet schon auf einen Raubmord hin."

Beatrice sah mich verständnislos an. „Das Motiv ist doch völlig egal. In jedem Fall war es die tödliche Dosis."

„Damit hast du absolut Recht, ich wollte nur ausschließen, dass ihr Tod vielleicht „nur" ein Versehen war, ein Unfall. Wenn es jemand auf diesen geheimnisvollen Koffer abgesehen hat, dieser Mensch hätte sie dafür auch nur betäuben müssen, und schon hätte er in der Zeit ihrer Ohnmacht entkommen können. Natürlich sie hätte hinterher nach ihm und dem Diebesgut suchen können, wenn es wirklich etwas besonders Wertvolles war. Für eine Tafel Schokolade hätte es sich nicht gelohnt, zur Polizei zu gehen. Der Kommissar und ich, wir haben eben noch spekuliert, dass sie vielleicht ein wertvolles Bild oder einen anderen teuren Gegenstand besaß, den sie verkaufen wollte."

Der Kellner servierte uns die Getränke, schenkte uns Wasser und Wein in die Gläser.

Beatrice schüttelte den Kopf. „Ich kann es mir nicht vorstellen. Davon hätte sie mir erzählt. Wir haben alle Geheimnisse miteinander geteilt. Sie hat nichts Wertvolles besessen, und solange sie hier war, und das war schließlich bis vor ein paar Tagen, hat ihr auch niemand irgendetwas geschenkt oder zum Verkauf anvertraut. Das Ganze ist mir ein Rätsel."

„Meinst du denn, Pirelli könnte diesen Koffer einfach erfunden haben?"

„Nein, das glaube ich auch nicht. Victoria war sehr ehrlich zu mir, in der ganzen Zeit, in der wir zusammen waren. Und Antonio liebte sie wirklich, er hat ihretwegen seine Heimat verlassen, in der seine ganze Familie lebt. Er war ebenfalls ehrlich. Ich habe die beiden zusammen gesehen. So sehen nur Menschen aus, die sich von ganzem Herzen lieben. Glaube mir, ich kann das beurteilen. Victoria war ein bisschen philosophisch veranlagt. Da kommt mir gerade auch eine seltsame Idee."

„Sie scheint wirklich eine interessante Persönlichkeit gewesen zu sein", fand ich. „Jetzt bin ich gespannt auf deine Idee."

Der Kellner servierte die Vorspeisen und wechselte ein paar Worte auf Französisch mit Melanie. Ich verstand nicht alles, konnte aber ein paar Worte übersetzen, sodass ich erkannte, dass es um die Zubereitung der Hauptspeise ging.

Als er sich wieder entfernt hatte, nahm die Französin das Gespräch wieder auf. „Im Grunde genommen war Victoria kein materiell eingestellter Mensch. Sie wusste nur, dass sie das Geld für eine neue Zukunft mit Antonio braucht. Wenn wir morgens bei mir im Garten saßen und frühstückten, philosophierten wir manchmal ein bisschen über das Leben und die Liebe. Du musst wissen, alle Menschen die die Düfte lieben, sind sehr sinnlich. Und sinnlich bedeutet im ersten Moment, dass man geöffnete Sinne besitzt, wie die Ohren oder die Augen oder die Nase. Aber sinnlich bedeutet auch, einen Sinn finden. Da gibt es einen gemeinsamen Wort- Ursprung. Und das ist sicherlich kein Zufall, denn wir sinnlichen Menschen sind auch auf der Suche nach dem Sinn des Lebens."

„Ich verstehe immer noch nicht, was du meinst", warf ich ein.

„Ich könnte mir vorstellen, dass in diesem Koffer überhaupt gar nichts war. Kein wertvoller Gegenstand, kein Schatz. Kein Gold, kein Geld und kein Vermögen. Aber irgendjemand hat vermutlich gedacht, dass sich darin etwas Wertvolles befindet."

„Und warum sollte in diesem Koffer nichts drin gewesen sein? Warum war er leer?"

„Da waren vielleicht ihre Wünsche und ihre Träume und ihre Vorstellungen drin. Dieser Koffer beinhaltete einen imaginären Schatz. All das, was Victoria in der Zukunft verwirklichen wollte, alle diese Ideen hielt sie vielleicht in diesem Koffer verborgen."

Ich sah sie entsetzt an. „Dann hätte man sie wegen eines leeren Koffers umgebracht?"

In ihrem Blick lag Traurigkeit. „Ich fange es jetzt erst an zu begreifen, was geschehen ist. Am Anfang findet man sich immer in einem Schockzustand, wenn so etwas passiert ist. Aber jetzt verstehe ich, dass sie weg ist. Und das wäre natürlich sehr grausam, wenn meine Vermutung stimmen sollte. Aber wir sollten diese Gedanken nicht so weit wegschieben."

„Schade, dass sie mit dir in den letzten Tagen

nicht mehr gesprochen hat. Sonst hätte sie dir sicher etwas davon erzählt."

Zaghaft probierten wir die Vorspeisen, die der Koch mit Liebe zubereitet und garniert hatte.

„Wir haben sonst täglich miteinander telefoniert und uns ständig Kurznachrichten geschrieben, wenn wir uns mal gesehen haben. Aber dieser ganze Umzug nach Sankt Augustine und die neuen Pläne für die Zukunft, dazu die neue große Liebe zu Antonio, da blieb nur nicht mehr so viel Zeit", teilte mir Beatrice mit, Enttäuschung lag in ihrer Stimme.

Ich konnte verstehen, dass sie sehr traurig war, ihre beste Freundin verloren zu haben. War sie vielleicht auch eifersüchtig auf Victorias neues Leben? Hatte ihr Pirelli die Freundin entführt?

„Das erschwert natürlich jetzt auch die Ermittlungen", antwortete ich ihr. „Wenn sie dir mitgeteilt hätte, was in diesem Koffer war, könnten wir jetzt schon ein ganzes Stück weiter sein. Ich werde wohl Antonio noch einmal genau über den Verlauf der Reise befragen. Ob sie vielleicht irgendwo Pause gemacht haben, wo sie es erworben hat, dieses mysteriöse Gepäckstück. Wenn sie es hier bei dir zum Zeitpunkt der Abfahrt nicht besaß, muss sie es doch unterwegs gekauft haben. Und vielleicht gibt uns dieser Ort dann Aufschluss, was sie dann hinein getan haben könnte. Irgendeinen Anhaltspunkt muss es doch geben."

„Dann sage doch mal deinem Kommissar, er soll alle Anwesenden vom Zirkusteam befragen. Und derjenige soll sich melden, der Victoria mit diesem Koffer gesehen hat. Vielleicht kann ihn jemand beschreiben?"

Der Kellner servierte die Hauptspeise, eine flambierte Entenbrust, während ich Niklas eine Kurznachricht schrieb und ihn bat, die Zirkusleute nach dem mysteriösen Koffer zu befragen.

Beatrice lächelte. „Jetzt kann mich dein Kommissar auch noch gebrauchen. Er sollte mich ebenfalls als Privatvermittlerin einsetzen. Manchmal habe ich gute Ideen."

„Das musst du auch, liebe Beatrice. Wie könntest du sonst ein gutes Parfüm zusammenstellen?!"

„Es ist wirklich schade, dass du nicht länger bleiben kannst", bedauerte die Französin. „Ich würde für dich ein ganz persönliches Parfüm kreieren."

Ich sah sie nachdenklich an. „Meinst du, dass Victoria auch ein Händchen dafür hatte?"

„Nicht nur ein Händchen, sondern auch die notwendige gute Nase. Und sie hatte einen ganz eigenen Geschmack. Sie wäre sicher in Deutschland sehr erfolgreich geworden."

„Gab es vielleicht irgendjemanden, der diesen Markt dort schon für sich reserviert hatte?

Vielleicht wäre sie für andere Parfümeure eine Konkurrenz geworden."

Beatrice schüttelte den Kopf. „Nein. Sie wollte das nur im kleinen Stil aufziehen. So eine Handmade-Produktion mit ganz erlesenen, außergewöhnlich schönen Flakons. Keine große Firma und schon gar keine Industrieproduktion. Klein aber fein, so hatte sie sich das vorgestellt. Wenn du glaubst, ihr Mörder sei aus dem Bereich der Parfümeure, so finde ich das persönlich sehr unwahrscheinlich. Niemand würde sie da als Konkurrenz empfinden, und sie wurde auch mit einem ganz gewöhnlichen Schlafmittel umgebracht, nicht mit einem Pflanzengift."

„So ähnlich habe ich auch einmal gedacht", bekannte ich ihr. „Aber nur, wenn es sich um einen dummen Täter handeln würde. Ein intelligenter Mörder würde kein Gift aus seinem eigenen Laden benutzen."

Beatrice sah mich entsetzt an. „Denkst du etwa, sie wäre für mich eine Konkurrenz geworden? Nein wirklich nicht. Meine Firma ist weltweit etabliert, auch wenn sie nach außen hin nicht besonders groß aussieht. Ich habe es Victoria von Herzen gegönnt, sich mit ihrem Traum verwirklichen zu können."

„Oh nein, so habe ich das auch nicht gemeint, liebe Beatrice. An dich habe ich dabei wirklich nicht gedacht. Aber ich habe gehört, dass es hier im Ort allein 60 Firmen gibt, die Parfüm herstellen. Vielleicht hat sie irgendwo eine Essenz gekauft, eine sehr teure. Und möglicherweise ist sie diesem Verkäufer ein Dorn im Auge gewesen, weil er vielleicht eine ähnliche Idee gehabt hatte, irgendwo, auf dem Weg von hier bis nach Sankt Augustine."

„Darüber sollte man nachdenken und wirklich einmal nachforschen, wie ihre Reise nach Deutschland verlaufen ist. Ich hätte ihr wirklich gegönnt, dass sie in jeder Hinsicht ihr Glück findet."

Niklas meldete sich. Er berichtete, dass die Zirkusvorstellung gerade zu Ende gegangen sei und er dort alle Anwesenden mit dem Mikrofon aufgefordert hatte, sich zu melden, falls jemand Victoria mit einem ungewöhnlichen Koffer gesehen hätte. Tatsächlich hatte sich Elli gemeldet, die beobachtet hatte, dass sie Victoria am Nachmittag des Mordes mit einem winzigen Koffer im Park gesehen habe. Sie hätte sich noch gewundert, über diese neue, außergewöhnliche Handtasche, wofür sie den kleinen Koffer gehalten hatte.

Ich teilte es sogleich Beatrice mit. „Es gibt ihn also wirklich, Antonio hat es nicht erfunden."

„Es sei denn, Elli und dieser Antonio hätten sich ineinander verliebt, Victoria gemeinsam umgebracht und dann den Koffer erfunden."

„Nein", widersprach ich ihr. „Das traue ich ihm nun wirklich nicht zu. Er macht einen absolut ehrlichen Eindruck. Hast du das nicht selbst gesagt?!"

„Natürlich. Aber beim jetzigen Stand der Dinge darf man niemandem trauen."

Die restliche Ente verzehrten wir schweigend und nachdenklich.

Erst als der Kellner das Sorbet zum Nachtisch brachte, wandte ich mich wieder an die Französin. „Vielleicht sollten wir doch noch einmal über die Frau nachdenken, die mit Victoria im Café gesehen wurde. Vielleicht hat sie von ihr diesen wertvollen Gegenstand erhalten, kurz bevor sie abreiste. Das kommt mir einigermaßen logisch vor. Es wollte mir die ganze Zeit nicht in den Kopf, dass sie irgendwo auf ihrer Reise zufällig anhält und dort irgendetwas auf einem Rastplatz findet, das so einen ungeheuren Wert hat. Möglicherweise hat sie hier dann doch eine sehr teure Essenz erhalten und wollte sie dann in Sankt Augustine wieder verkaufen. Vielleicht gab es da noch ein anderes Handy, mit dem sie dann einen Käufer gesucht hat. Und dieser Käufer hat sie dann im Park getroffen, die Essenz mitgenommen und Victoria ermordet, um nicht bezahlen zu müssen."

„Das klingt zwar sehr konstruiert, aber es ist irgendwo logisch. Viel logischer, als wenn es sich um einen Kunstgegenstand gehandelt hätte, was ich aber auch immer noch nicht ausschließe. Wenn du aber davon ausgehst, dass sie diesen wertvollen Gegenstand hier kurz vor ihrer Abreise aus Grasse mitgenommen hat, dann könnte man schon davon ausgehen, dass es sich um etwas handelte, das mit Parfüm zu tun hat."

Während Beatrice zur Toilette ging, schrieb ich Niklas unsere neuesten Überlegungen.

Er schrieb mir zurück. „Bleib dran, das ist eine Richtung, die es wert ist, verfolgt zu werden, verlängere ruhig deinen Aufenthalt!"

Aber wie sollte ich diese Frau finden? Vermutlich hatten es diese alteingesessenen Parfümhersteller nicht nötig, Victoria eine Essenz verkaufen und sie ihr dann hinterher wieder abzujagen. Nein, von hier wäre ihr keiner bis Sankt Augustine nachgereist. Sicherlich hatte die junge Tänzerin im Umkreis von Sankt Augustine nach einem Käufer gesucht. Dort mussten wir also ansetzen, wenn diese Theorie stimmen sollte. Aber wie war dann der Täter unbemerkt in den Park und wieder hinausgekommen. Nein, das Ganze stimmte einfach nicht. Ich hatte mich da in eine Sackgasse verrannt und musste so schnell wie möglich wieder nach Sankt Augustine zurück, um dort unter den Gästen und Zirkusleuten den Täter zu suchen.

Beatrice kam zurück und bestellte uns noch etwas Wein, aber ich bemerkte, dass er mich müde machte und wechselte zum Wasser über.

Die Französin schien immer mehr zu bemerken, was mit ihrer Freundin wirklich geschehen war, und ihre muntere Stimmung wich zusehends.

Der Wein lockerte ihre Zunge. „Victoria war eine wirkliche Freundin", verkündete sie mit Tränen in den Augen. „Ich kann es noch gar nicht fassen, dass ich sie für immer verloren habe. Sie hat mich auch in meinem Liebeskummer getröstet."

„Kann ich dir vielleicht helfen?" bot ich mich an.

„Ich glaube nicht. Du bist ja glücklich verheiratet. Da wirst du mich nicht verstehen können."

„Das war ich auch nicht immer", verriet ich ihr.

„Dies ist schon meine zweite Ehe, und

dazwischen gab es auch zwei missglückte Versuche."

„Aber du warst bestimmt noch nicht mit einem verheirateten Mann zusammen", vermutete sie.

„Nein, nur mit den eigenen", scherzte ich.

„Aber da bist du nicht die einzige. Das gibt es viel häufiger, als du dir denken kannst."

„Ja, aber mein Problem ist nicht, dass er noch verheiratet ist, denn er und seine Frau, sie leben schon seit Jahren getrennt. Er ist von dieser Beziehung so geschädigt, dass er sich gar nicht aus der beleidigten Rolle des verlassenen Ehemannes hinwegtraut. Und ganz nebenbei hofft er bestimmt noch im Stillen, dass seine Frau wieder zu ihm zurückkommt, obwohl sie schon lange mit einem anderen Mann glücklich zusammenlebt. Was hältst du davon? Soll ich auf diesen Mann warten?"

Ich zog die Augenbrauen hoch. „Schwer zu sagen. Ich kenne ihn nicht. Ich weiß nicht, ob es sich lohnt. Bist du nicht glücklich mit ihm?"

„Eigentlich schon. Jedenfalls in der Zeit, in der wir zusammen sind. Aber ich höre es von einer Freundin, dass er sich immer noch nicht scheiden lassen will. Das würde mich im Prinzip nicht stören, wenn ich nicht wüsste, dass er seine Ex einfach nicht loslassen kann."

„Vielleicht ist das so, aber vielleicht hat er auch nur einfach zu viele schlechte Erfahrungen gemacht und schützt sich jetzt so vor neuen endgültigen Entscheidungen. Ich denke, die Einrichtung der Ehe ist nicht die einzige, die glücklich macht. Wenn ihr sonst gut zusammenpasst, gut harmoniert, ihr euch liebt, und er ansonsten nett zu dir ist, dann hast du eine ganze Menge. So viel gibt es in manchen Ehen nicht."

Sie lächelte mich wehmütig an. „Ach ja, du hast ja Recht. Normalerweise sehe ich das auch so locker. Aber das heute war wohl alles ein bisschen viel. Magst du noch einen Wein oder einen Cognac?"

„Danke! Nein. Aber ich werde langsam etwas müde. Kann ich dich vielleicht nach Hause bringen?"

Sie schüttelte leicht den Kopf. „Lieb von dir, aber ich werde mir jetzt ein Taxi bestellen und zu Hause noch einen kleinen Schlaftrunk nehmen. Aber es ist schon seltsam: Da habe ich an einem Tag eine Freundin verloren und am selben Tag eine dazugewonnen."

Sie winkte dem Kellner, bezahlte die Rechnung und ließ sich ein Taxi kommen. Ich brachte sie zum Wagen, und wir umarmten uns zum Abschied.

„Bitte komm morgen noch einmal zu mir, bevor du abfliegst", bat sie mich.

Ich versprach es ihr, und winkte ihr nach, bis der Wagen um die nächste Straßenecke bog.

***

Ich verbrachte eine ruhige Nacht in dem einfachen aber sauberen Hotelzimmer. Während ich am anderen Morgen im Speiseraum einen kleinen Imbiss einnahm, erhielt ich einen Anruf von meiner Nichte Emily.

„Oh, Abigail. Ich bin ja so glücklich. Das kannst du dir gar nicht vorstellen. Will ist wahnsinnig nett und wir machen alles zusammen. Nein, nicht was du denkst. Er ist ganz höflich und zuvorkommend und bedrängt mich in keiner Weise. Aber er ist einfach fantastisch, denn er liest mir jeden Wunsch von meinen Augen ab, und so etwas habe ich noch nicht erlebt."

„Das wundert mich nicht. Er ist ja schon ein paar Jährchen älter als du und hat ein bisschen Erfahrung mit Frauen gesammelt. Da weiß er schon, was Frauen wünschen."

„Ach Abby! Wenn du das sagst, dann klingt das so negativ. Wenn ich sage, dass er aufmerksam ist, dann meine ich damit, dass er genau ahnt, was ich will.“

„Verliebe dich nicht in ihn!“ riet ich ihr halbherzig. „Er gehört ja immer noch zu den Verdächtigen.“

„Du bist unmöglich! Willst du mir etwa jeden Spaß verderben. Du bist wirklich keine gute Detektivin, wenn du bei Will das Gefühl hast, dass er der Täter sein könnte. Ich hoffe, du bleibst noch recht lange in Frankreich, damit du mir die Freude nicht verderben kannst. Wie geht es denn voran mit deinen Recherchen? Konntest du Näheres über Victoria bei ihrer Freundin erfahren?“

„Nichts Wesentliches. Einige meiner Vermutungen enden wohl in einer Sackgasse. Jetzt werde ich heute Mittag erst einmal zurückfliegen und die Gäste und das

Zirkusteam weiter befragen, natürlich auch Elli, die andere Tänzerin. Wir werden schon weiterkommen, das hoffe ich wenigstens."

„Aber bitte halte dich dann aus unserer zarten Beziehung heraus!" forderte sie mich auf. „Du könntest alles verderben, bevor es richtig angefangen hat. Ich verspreche dir auch, dass ich mich mit Will nicht in einsame Gegenden begebe."

Ich lachte. „Du bist alt genug, um zu wissen, was du tust. Ich hatte nur daran gedacht, dass du sonst mit einem gebrochenen Herzen zurückbleiben könntest. Aber davor kann man bekanntlich niemanden bewahren. Grüße bitte alle im Schloss! Besonders Adelaide und Carla. Vielleicht halten sie mir eine schöne Tasse heiße Schokolade bereit. Die werde ich heute Abend nach dem Flug brauchen."

„Ich wünsche dir auch einen guten Flug. Hast du eigentlich mal wieder etwas von deinem

Mann gehört? Ist Ermanno immer noch in Italien?"

„Er ist gerade dort mit Studenten, und zwar sogar in einem Gebiet mit schlechtem Empfang, daher muss ich wohl ein bisschen Geduld haben. Wie kommst du jetzt darauf?"

„Ach, es ist nichts. In dieser Gegend waren nur eine Menge Unwetter, und in den Nachrichten haben sie gesagt, dass dort viel Geröll heruntergekommen ist. Aber die Alpen sind ja groß. Vermutlich ist er ganz woanders."

„Ich werde gleich versuchen, ihn anzurufen. Das beunruhigt mich doch sonst zu sehr. Also mach es gut und bleib brav! Wir sehen uns heute Abend."

Eilig wählte ich Ermannos Telefonnummer, aber trotz mehrmaliger Versuche konnte ich ihn nicht erreichen. Schnell durchforstete ich sämtliche Nachrichten, die sich auf den Norden Italiens bezogen. Aber außer ein paar

Schlagzeilen über Unwetter fand ich keine genauen Hinweise. Ich schrieb Ermanno eine Nachricht, in der ich ihn bat, sich nach Möglichkeit so bald wie möglich zu melden. Unruhe machte sich in mir breit. Hoffentlich war ihm nichts passiert!

Nachdem ich die Hotelrechnung bezahlt hatte, machte ich mich auf den Weg zu Beatrice. Sie hatte ein Frühstück für uns vorbereitet und begrüßte mich mit einem Lächeln.

„Heute geht es mir schon wieder gut", teilte sie mir mit. „Der Abend mit dir gestern hat mir sehr gut getan. Ich glaube, allein hätte ich den schmerzlichen Verlust nicht so gut verkraftet. Entschuldige bitte, dass ich gestern Abend etwas mehr getrunken habe, als mir gut tat.

Ich winkte ab. „Das ist doch alles in Ordnung. Ich kann dich gut verstehen. Und ich habe mir schon vorgenommen, dich hier in Frankreich wieder zu besuchen, wenn ich in der Gegend bin. Wir können gern in Verbindung bleiben, denn ich freue mich ebenfalls über unser Kennenlernen. Ich kann mir vorstellen, dass Victoria in dir eine gute Freundin gefunden hatte."

„Das bestand bei ihr und mir auf Gegenseitigkeit, Abigail. Und jetzt bin ich froh, dich gefunden zu haben. Übrigens war Melanie vorhin hier. Sie hat mir ein paar Duftproben für dich mitgegeben. Leider konnte sie nicht warten, weil sie ein paar eilige Termine hatte. Aber sie lässt dich grüßen und hofft ebenfalls, dass du bald wieder hierherkommst. Vielleicht geschieht das sogar schneller, als wir denken. Ich werde nämlich auch einmal in die Kunstakademie gehen und mir von der Kassiererin ein Phantombild anfertigen lassen, von der Frau, mit der sie Victoria im Café gesehen hat."

„Wie kommst du denn jetzt darauf?" fragte ich verwundert.

Sie führte mich zum Frühstücksbuffet und servierte mir zu all den Köstlichkeiten Kaffee und heiße Schokolade.

„Bediene dich und nimm reichlich! Schließlich hast du noch eine weitere Reise vor. Ich hatte heute Nacht einen seltsamen Traum. Da ist mir Victoria erschienen, und sie hat sich bei mir bedankt, dass ich bei der Auflösung des Mordes helfen will. Da habe ich mir gedacht, so etwas ist doch nicht möglich, so etwas träumt man doch nicht einfach nur so. Und bisher konnte ich ja noch gar nicht zu irgendwelchen neuen Erkenntnissen beitragen. Als ich dann heute Morgen ein bisschen in der Natur spazieren ging, da kam mir die Idee, ganz plötzlich, zwischen den duftenden Blumenfeldern. Ich muss herausfinden, wer diese streng aussehende Frau ist. Und ich werde dir sofort Bescheid sagen."

„Das ist eine gute Idee", fand ich. „Die nette Dame aus dem Kunstmuseum meinte, sie könne diese Frau jederzeit wiedererkennen. So markant ist dann wohl ihr Gesicht gewesen. Und wenn ihr beide irgendetwas entdeckt, dann kann ich in wenigen Stunden wieder hier sein."

Sie sah mich besorgt an. „Und der teure Flug?"

„Keine Sorge! Ich habe eine Freundin in Amerika, die berühmte französische Schauspielerin Laura Camissoll, und die wiederum hat eine reiche Tante in Deutschland, Frau Ackermann, eine ganz geniale Frau. Diese Dame hat nämlich nicht nur unverschämt viel Geld, sondern auch die tollsten sozialen Ideen. Denn neulich hat sie einen neuen Fond eingerichtet. Der ist nämlich für die privaten Ermittler und ihre Spesen."

Sie sah mich verwundert an. „Wie kommt sie denn dazu? Von so einem merkwürdigen Fond habe ich noch nie etwas gehört."

„Ganz am Anfang, als ich Laura kennenlernte, da waren wir noch keine Freundinnen. Die schöne Schauspielerin war auch noch nicht berühmt, sondern spielte mit einigen anderen im Ensemble von Jérôme Tessier, dem großen Puppenspieler mit der herrlichen Stimme. Laura wollte mich damals eifersüchtig machen, weil ich es ihr nicht ermöglichte, Rossini um ein Porträt anzubetteln. Deswegen verschwand sie plötzlich, tauchte in Frankreich unter und traf sich dort heimlich mit meinem Ex-Verlobten, der damals noch kein Ex war. Sie wollte sich an mir rächen, mich eifersüchtig machen und ihn verführen. Da habe ich dann mit geholfen, sie zu suchen und ihr den Weg zu ebnen. Ich habe sie dann auch an einen bekannten Produzenten vermittelt, und so glauben Laura und ihre Tante bis heute noch, sie seien mir etwas schuldig. Von da an habe ich dem Kommissar Niklas Meyer in Sankt Augustine immer ein wenig mit meinen privaten Ermittlungen geholfen, und die gute Frau Ackermann wird nicht müde, mir dafür auch zu danken."

Sie staunte. „Das ist ja eine tolle Geschichte! Und diese Laura ist jetzt deine Freundin? Wie konntest du ihr diese Gemeinheit denn jemals verzeihen?"

„Laura hatte eine schlimme Kindheit. Sie hat sehr früh ihre Mutter verloren und deren Partner, von dem sie glaubte, es sei ihr Vater. Sie ist dann immer ein bisschen hin und her getangelt, von Deutschland nach Frankreich von Frankreich nach Deutschland, und kein Mensch hat sich wirklich richtig um sie gekümmert. Ihren leiblichen Vater, den berühmten Filmregisseur Johnny Deep hat sie erst viel später kennen gelernt. Und ihre Tante traf sie zum ersten Mal in Sankt Augustine, während ich dort einen Kriminalfall aufdeckte."

Sie sah mich bewundernd an. „Dann hast du ja schon richtig Erfahrung. Dann wirst du Victorias Mörder bestimmt auch finden."

Ich seufzte. „Leider war bisher jeder Fall immer wieder ganz anders, und ich musste jedes Mal wieder ganz von vorn anfangen. Es gab so viele unterschiedliche Motive, und ich musste erkennen, dass ich auch jedes Mal wieder neue Erfahrungen sammeln musste."

„Ich denke, es war in Victorias Fall diese Konkurrentin von ihr. Wenn Frauen morden, gibt es weniger oft raue Gewalt. Mit Gift, ja, das traue ich schon meinen Artgenossinnen zu. Aber jetzt noch etwas ganz anderes, bevor du fährst. Du musst mir unbedingt noch sagen, welches Parfüm du am meisten liebst. Ich möchte dir nämlich auch noch etwas schenken. Magst du eine Pflanze besonders gern?"

„Ich liebe den Duft von wilden Rosen", entfuhr es mir spontan. „Vermutlich habt ihr einiges mit Rosen in eurem Sortiment."

„Ja, da führen wir ein sehr gutes Parfum aus wilden Rosen, wir nennen sie auch die Landrosen. Wilde Blumen nutzen wir auch besonders gern und Melanie experimentiert seit einer ganzen Weile mit Kräutern. Mit aromatischen Küchenkräutern, aber auch mit Wildkräutern. Da ist sie im Moment ganz engagiert und steckt den ganzen Tag im Labor. Vermutlich hat sie auch heute gerade irgendeine besonders gute Mischung entwickelt. Und wenn sie da so drin steckt, dann hat sie für nichts anderes mehr Zeit."

Ich lächelte. „Das kann ich gut verstehen. Im Schloss lebe ich ja mit einigen Künstlern zusammen, und bei denen kann ich das so richtig miterleben. Wenn da einer für irgendetwas brennt, dann hat er für nichts anderes mehr einen Kopf."

„Ich werde dir das Rosenparfüm schicken. Leider habe ich im Moment keines im Haus. Dann bin ich froh, dass du schon einmal die kleinen Proben von Melanie mitnehmen kannst, die sie dir eingepackt hat. Du darfst sie gleich nicht vergessen."

Nach dem Frühstück führte mich Beatrice noch kurz in ihren Garten, um mir ein paar seltene Züchtungen von Blumen zu zeigen. In einem kleinen Gewächshaus gewährte sie mir einen Blick auf die Nachthyazinthe und erklärte mir, dass diese Blume einen der teuersten Duftstoffe lieferte. Diese Züchtung gehörte zur Gattung der Agaven und schien mir recht unscheinbar auszusehen.

„Der Duftstoff wird aus den noch nicht blühenden Pflanzen gewonnen, nicht durch

Destillation, sondern durch Enfleurage, einer Stoffgewinnung mit Fett. Aber ich will dich jetzt nicht mit Einzelheiten quälen. Du hast bestimmt jetzt andere Gedanken und andere Sorgen. Jetzt ist mit mir das Temperament durchgegangen. Du siehst, ich brenne auch für irgendetwas. Diese neue Züchtung der Nachthyazinthe ist momentan meine Passion."

Ich hakte sofort nach. „Hast du auch einmal nachgeschaut, ob dir davon nichts abhanden gekommen ist in den letzten Tagen? Vielleicht hat dir jemand etwas von den Ölen gestohlen und an Victoria weitergeleitet."

„Da habe ich schon gestern Nachmittag nachgesehen, nachdem du das Haus verlassen hattest. Es ist alles noch da, jeder Milliliter ist noch in meinem Labor. Selbst die Pflanzen stehen noch unversehrt an ihrem Platz. Aber du musst jetzt nicht denken, dass ich Victoria in

Verdacht hatte. Sie würde mir hier nie etwas entwenden."

„An wen hattest du denn gedacht?"

„Hier war von kurzem ein Pärchen aus Deutschland. Die haben bei mir ein 4-wöchiges Praktikum gemacht. Sie waren auch in der Zeit hier, während Victoria bei mir wohnte. Sie hießen Helene und Norbert Winterlich. Aber es fehlt wirklich nichts, das habe ich noch einmal alles kontrolliert. Wir müssen dieses Pärchen also auch nicht suchen."

„Falls wir noch einmal darauf zurückkommen müssen, liebe Beatrice, hast du ja sicher ihren Namen und die Adresse. Hast du vielleicht auch ein Foto von ihnen?"

„Leider habe ich es versäumt, eine Kopie von ihren Personalausweisen zu machen. Aber ich hatte auch nicht viel mit ihnen zu tun. Sie waren praktisch die Lehrlinge von Melanie und haben sich auch weniger um die Blüten von

Blumen gekümmert. Vielleicht hat Melanie zufällig ein Foto von ihnen gemacht zum Abschied, als sie wieder zurück nach Deutschland fuhren. Wenn ich es habe, schicke ich es dir mal."

„Wann sind sie dann abgereist?"

„Vor ein paar Tagen. Ich glaube aber nicht, dass sie Victoria jemals begegnet sind. Sie waren fast immer mit Melanie zusammen und haben mit den Kräutern experimentiert."

„Sieht diese Helene denn sehr streng aus? Könnte sie diese mysteriöse Frau sein, mit der sich Victoria im Café getroffen hat?"

Beatrice schüttelte heftig den Kopf. „Nein, auf gar keinen Fall. Helene ist eine quirlige Frau, ganz munter und lebendig, offen und zutraulich. Von Strenge kann da gar keine Rede sein."

„Gut, aber falls du mal wieder etwas von ihnen hörst, gib mir bitte auch Bescheid. Du weißt, ich greife nach jedem Strohhalm. Aber jetzt muss ich mich beeilen. Ich habe noch eine ganze Menge Arbeit vor mir, wenn ich wieder im Schloss von Sankt Augustine bin."

Wir versprachen uns, uns gegenseitig möglichst genau über alle weiteren Entwicklungen zu unterrichten und verabschiedeten uns herzlich voneinander.

***

Vor und nach dem Flug versuchte ich immer wieder vergeblich, Ermanno zu erreichen, aber ich hatte keinen Erfolg. Bernhard, Rossinis Gärtner und beliebter Klarinettist, holte mich vom Flughafen ab. Ich fragte ihn, ob er etwas von den Unwettern in Italien gehört hatte, und er beruhigte mich sofort.

„Es hat keine Todesfälle gegeben", wusste er. „Einige Dörfer sind zwar von der Außenwelt abgeschnitten, verschiedene Telefonleitungen sind nicht intakt. Aber in dem Tal, in dem sich Ermanno befindet, ist kein Erdrutsch gewesen. Es liegt also wirklich nur am normalen schlechten Netz, dass ihr keine Verbindung habt. Mach dir also bitte nicht auch noch darum Sorgen!"

Ich atmete auf. „Und was gibt es Neues im Schloss? Ist Niklas schon weitergekommen?"

„Ja, es geht wirklich immer millimeterweise weiter. Der Hund Bärchen war heute Morgen da und hat tatsächlich die Spur von Victoria aufgenommen. Er ist den ganzen Weg gegangen, den sie auch vom Zirkuswagen bis hin an den Brunnen gelaufen ist. Dort ist er dann eine Weile hin und her gelaufen. Da muss sie dann tatsächlich ihren Mörder getroffen haben, und von dort ist sie auch wieder zurückgegangen. Das muss alles von langer Hand geplant gewesen sein. Das Gift hat ja nicht sofort gewirkt. Während Victoria dann zu ihrem Wohnwagen zurückgegangen ist, konnte der Mörder ungehindert entkommen. Es war also eine geplante Tat, und keine Affekthandlung."

„Haben denn die Überwachungskameras etwas ergeben?"

„Ja, die waren auch sehr aufschlussreich. Zu dieser Zeit hat niemand von außen den Bereich des Schlosses oder des Schlossparks betreten und auch nicht verlassen. So geht also Niklas davon aus, dass sich der Täter noch unter uns befindet. Das aber weiß niemand außer den Rossinis, Carla und mir. Ja, und natürlich Emily und Will, die sind auch mit eingeweiht, weil sie ja ebenfalls dem Kommissar helfen."

„Will? Aber er ist doch auch verdächtig. Er war auch zur Tatzeit dort in der Nähe. Wieso ist da Niklas so unvorsichtig?"

„Ich glaube, der Kommissar weiß genau, was er tut. Und wenn er diesen netten Engländer tatsächlich verdächtigen sollte, dann hat er ihn bestimmt auch im Blick und passt auf ihn auf. So kann er ihn in Sicherheit wiegen."

Ich stöhnte. „Das ist mir aber gar nicht recht. Wenn dieser Will nun ein Wolf im Schafspelz ist, was dann? Dann ist meine Nichte in Gefahr."

Bernhard schüttelte den Kopf. „Bestimmt nicht. Der Kommissar ist sich sicher, dass es um diesen mysteriösen Koffer ging, in dem etwas wirklich Wertvolles drin gewesen sein musste. Und dieser Koffer befindet sich wahrscheinlich auch noch auf dem Grundstück. Bärchen ist auch noch hier und soll morgen auch noch helfen, dieses besondere Gepäckstück zu finden. Du warst doch nun in Frankreich bei dieser Parfümeurin. Kann in dem Koffer denn nicht irgendetwas aus ihrem Betrieb gewesen sein?"

„Ich habe mit Beatrice die ganze Zeit herumgerätselt. Es fehlt ihr nichts, und sie hat Victoria auch nichts gegeben. Allerdings suchen wir jetzt noch nach einer streng aussehenden Frau, mit der sich die junge Tänzerin einmal in einem Café dort getroffen haben soll. Es ist aber kein wirklicher Hinweis, trotzdem greife ich nach jedem Strohhalm. Und ein Pärchen war dort vor kurzer Zeit noch zu einem Praktikum, ein Pärchen aus Deutschland, das ungefähr zur gleichen Zeit mit Victoria nach Deutschland gereist ist. Ein Ehepaar mit dem Namen Winterlich. Und trotzdem kann die ganze Sache mit dem Koffer auch nur ein Ablenkungsmanöver gewesen sein. Ich schließe einen Mord aus Eifersucht nicht aus. Es könnte immer noch dieser Mago gewesen sein, weil er doch ein Motiv hat. Aber auch diese Tänzerin Elli muss ich unbedingt noch einmal interviewen. Immerhin ist sie jetzt Victorias Nachfolgerin und profitiert vom Tod ihrer Konkurrentin. Und wer weiß, vielleicht ist sie auch in Pirelli verliebt. Es wird noch ein ganzes Stückchen schwere Arbeit sein."

„Das wird es, liebe Abigail. Aber zum Glück ist der Kommissar sehr tüchtig und wird den Fall bestimmt lösen. Da bin ich ganz sicher, denn er ist sehr hartnäckig und lässt nicht locker. Und wenn du ihm dabei hilfst, kann eigentlich gar nichts passieren."

„Du musst unbedingt einmal nach Grasse fahren!" wechselte ich das Thema. „Du als Gärtner hättest deine helle Freude an den blühenden Feldern dort im Süden Frankreichs. Kennst du eigentlich die Nachthyazinthe? Beatrice züchtet gerade ein ganz besonderes Exemplar."

„Ja, sie heißt auch Tuberose und wächst vielfach in Südamerika. Ihr Duft ist sehr süß, blumig und fruchtig und ein bisschen wie Honig. Da hast du ja jetzt einige schöne Pflanzen kennengelernt", vermutete er.

Ich erzählte ihm von den Rosen und den Zentifolien, von Jasmin und Lavendel und einigen anderen Blumen, die ich bewundert hatte. Er kannte sie alle und wusste etwas darüber zu erzählen.

Als wir im Schloss ankamen, empfing mich meine Nichte mit Enthusiasmus. „Ich bin verliebt, Abigail. Wirklich verliebt!"

Ich nahm sie in die Arme. „Wie schön! Es gefällt mir, dass du glücklich bist. Wo ist er denn jetzt gerade, der Mann deiner realen Träume?"

„Er ist gerade mit dem Hund Bärchen unterwegs und sucht alle Räume im Schloss ab, um diesen geheimnisvollen Koffer in irgendeinem Versteck zu finden. Der Kommissar ist sehr zufrieden mit ihm, weil er die Recherchen so sorgfältig ausführt. Er hat ihn schon zu seinem Hilfssheriff ernannt", scherzte sie.

„Das ist gut, dann kommen wir hoffentlich bald etwas schneller voran. Weißt du zufällig, wo sich die Tänzerin Elli aufhält? Ich hätte sie gern einmal interviewt."

„Nein, da musst du den Kommissar fragen. Aber du sollst dich jetzt erst einmal von der Reise erholen. In der Küche findest du bestimmt noch etwas zum Abendbrot."

„Nicht nötig. Ich habe unterwegs eine Kleinigkeit zu mir genommen und mich auch im Flugzeug genügend ausgeruht."

„Gut, dann begleite ich dich auf die Terrasse. Dort sitzen nämlich gerade alle Gäste bei einem guten Glas Wein. Moro sorgt prächtig dafür, dass die ganze Lage entspannt bleibt."

Auf dem Weg zur Terrasse begegnete uns Niklas, er machte ein bedenkliches Gesicht und steuerte auf mich zu. „Gut, dass du da bist, es gibt Neuigkeiten."

Meine Nichte zwinkerte mir zu. „Dann lasse ich euch jetzt mal allein und helfe Will Holly bei der Suche." Mit einem Lächeln eilte sie davon.

„Eine Neuigkeit, die dir nicht gefällt, Niklas? Ich hoffe, es hat nichts mit Ermanno zu tun."

„Nein, auf keinen Fall. Ich habe im Internet die ganzen Nachrichten recherchiert, es gibt aus der Gegend keine Hilferufe. Es handelt sich um

Jérôme Grande, der so viel über Victoria wusste, weil er sie in Frankreich bereits kennengelernt hatte."

Ich staunte. „Mit Jérôme stimmt etwas nicht? Das kann ich gar nicht glauben, er macht so einen netten und sympathischen Eindruck."

„Leider haben wir inzwischen die Zimmer aller Gäste untersucht und bei ihm einen ganzen Umschlag mit Fotos von Victoria gefunden. Die hat er überall ausgeschnitten aus Zeitungen und Plakaten. Inzwischen hat er auch zugegeben, dass er sehr für sie geschwärmt hat. Wenn es allerdings mehr war, dann hat er auch schon wieder ein Motiv. Er hat sie in Frankreich kennengelernt und ist ihr bis nach Sankt Augustine nachgereist. Damit hat er sich auch verdächtig gemacht."

„Aber er ist doch nicht wegen dieser jungen Tänzerin hierhergekommen", widersprach ich ihm. „Er hat mir doch erzählt, dass er hauptsächlich wegen Rossinis Bildern und Skulpturen hier ist. Und das kann ich auch gut verstehen. Schließlich hat er dort in Grasse eine Kunstakademie und ein kleines Museum. Moro und er sind schließlich aus demselben Metier."

„Ja, das hat er behauptet, aber das muss deswegen nicht stimmen. Vielleicht hat er Victoria Avancen gemacht, und sie hat ihm einen Korb gegeben. Es soll Menschen geben, die das nicht ertragen können. Und schon hat er auch ein Motiv."

„Weiß er denn jetzt, dass du ihn verdächtigst?"

„Nein, natürlich nicht. Aber wie du dir denkst, werde ich ihn jetzt etwas genauer überwachen lassen. Gut, dass sich deine Nichte nicht in ihn verliebt hat."

Ich zog die Augenbrauen hoch. „Und du meinst, dass man Will Holly dagegen vertrauen kann?"

„Selbstverständlich beobachte ich ihn auch, Abigail. Aber er hat so gar kein Motiv. Wir wären ein ganzes Stückchen weiter, wenn wir den Koffer bereits gefunden hätten. Ist darin irgendetwas, das für Kunstliebhaber wertvoll ist, dann können wir den Kreis der Verdächtigen in dieser Richtung einengen. Sollte es aber doch irgendeine wertvolle Essenz gewesen sein, müssen wir wieder in alle Richtungen ermitteln."

„Allerdings macht das auch Jérôme verdächtiger als die anderen", überlegte ich. „Er ist der Tänzerin aus Grasse möglicherweise nachgereist. Vielleicht hat er dort beobachtet, dass Victoria den Koffer dort bekommen hat. Oder er hat sogar selbst damit zu tun. Vielleicht hat er ihr das abgenommen, was er ihr selbst gegeben hat. Hast du ihn mal nach dieser streng aussehenden Frau gefragt?"

„Nein. Das wäre zu auffällig gewesen. Ich möchte ihn noch wie die anderen in Sicherheit wiegen. Niemand außer den Eingeweihten weiß, dass sich der Mörder noch unter uns befindet. Ich habe übrigens den Polizeieinsatz verstärkt und besonders nachts hier ein paar Leute deponiert. Wundere dich also nicht über fremde Gesichter, es ist alles mit den Rossinis abgesprochen, und ich habe ihnen das Wachpersonal einzeln vorgestellt."

„Gut, Niklas. Kannst du mir sagen, wo ich Elli antreffe. Ich möchte mir unbedingt ein Bild von ihr machen, um einzuschätzen, wie weit sie für ihre Karriere gehen würde, und ob sie in irgendeiner Weise eifersüchtig auf Victoria war"

„Du kannst sie in der Schlossküche antreffen. Sie hat nämlich eben Carla angeboten, bei den Aufräumarbeiten zu helfen. Viel Erfolg,

Abigail! Wir sehen uns bestimmt nachher noch."

Ich eilte in die Schlossküche und traf die junge Tänzerin mit Carla beim Ausräumen der Spülmaschine.

Ich grüßte die beiden und wandte mich an Elli.

„Darf ich dich einen Augenblick stören?"

Sie nickte und folgte mir in die kleine Sitzecke vor dem Kamin. „Der Kommissar hat mir schon von dir erzählt, Abigail. Dann schieß mal los! Welche Fragen über Victoria kann ich dir beantworten?"

Ich betrachtete sie genau. „Ihre schlanke Gestalt sah sehr sportlich aus, dass rote Haar hatte sie zu einem Pferdeschwanz zusammengebunden, und das ebenmäßiges Gesicht zeigte sprechende Augen und einen sinnlichen Mund. Lediglich das kleine energische Kinn passte nicht zu dem sanften Gesicht. Sie ist ehrgeizig, dachte ich bei mir.

Aber ehrgeizig genug, um einen Mord zu begehen?

„Ich gehe davon aus, dass ihr nicht die besten Freundinnen wart", begann ich. „Aber trotzdem habt ihr oft zusammen arbeiten und trainieren müssen. Was weißt du von ihr? Wie war sie? Und ist dir in der letzten Zeit etwas an ihr aufgefallen?"

Sie hob die Augenbrauen. „Freundinnen waren wir tatsächlich nicht. Dazu waren wir auch viel zu verschieden. Seit sie zurückgekommen war, war sie überhaupt nicht mehr ehrgeizig. Als ich hörte, dass sie wieder bei uns mitmachen wollte, habe ich tatsächlich einen Schrecken bekommen. Ich dachte, sie verdrängt mich jetzt von meinem besonderen Platz. Aber das wollte sie gar nicht, sie wollte gar keine Hauptrolle mehr spielen. Und das lag sicherlich daran, dass sie so verliebt war in Antonio."

„Wusstest du, dass sie mit der Zirkusarbeit aufhören wollte?"

Sie riss die Augen auf. „Nein, das wusste ich nicht. Das höre ich jetzt zum ersten Mal. Ist das auch wirklich wahr?"

„Ja, natürlich, sonst würde ich es dir nicht sagen. Victoria wollte sich hier in der Nähe von Sankt Augustine ein paar Felder kaufen, vielleicht auch einige mieten. Dort wollte sie Blumen pflanzen, und eine kleine Firma aufbauen."

Sie sah mich ungläubig an. „Eine Gärtnerei? Das kann ich mir nicht vorstellen."

„Nein, sie wollte sich als Parfümeurin betätigen, eigene Düfte herstellen und verkaufen. Sie war doch eine Weile in Frankreich, in Grasse. Dort ist ihr wohl die Idee gekommen."

Elli staunte. „Das hätte ich jetzt wirklich nicht gedacht. Aber dann weiß ich auch, warum sie so gar nicht mehr ehrgeizig war. Und ich hatte immer gedacht, es sei wegen Pirelli. Wenn man so verliebt ist wie Victoria, dann ist die Karriere oft nicht mehr so wichtig."

„Vielleicht war es beides, Antonio und etwas weniger Interesse am Tanz. Aber ich denke, sie hat mit ganz neuem Ehrgeiz die Ideen für ihren zukünftigen Beruf verfolgt. Hast du zufällig einen Koffer bei ihr gesehen?"

„Ja, dies komische Handtasche, und das habe ich dem Kommissar auch schon gesagt. Was soll denn in dem Koffer gewesen sein?"

„Das wissen wir leider auch nicht. Da gibt es so einige Möglichkeiten. Wenn wir das wüssten, dann wäre uns schon viel geholfen. Deswegen suchen wir auch danach."

„Und wegen so einem komischen Koffer mit mysteriösen Inhalt soll sie umgebracht worden sein?!" Elli schüttelte den Kopf. „Das glaube ich nicht. Ich könnte mir vorstellen, dass der Zirkusdirektor Victoria umgebracht hat."

„Und warum?"

„Na, aus Eifersucht natürlich. Schließlich hat er doch viele Jahre auf sie gehofft. Er hat doch erst eine großartige Tänzerin aus ihr gemacht, hat sie gefördert und geliebt und gehofft, dass sie dafür für immer bei ihm bleibt. Die erste Enttäuschung hat sie ihm gebracht, als sie ihn verließ, und die nächste noch größere Enttäuschung hat sie ihm bereitet, als sie mit einem anderen Mann zurückkam, den sie mehr liebte als Mago."

„Aber wenn er das nicht ertragen konnte, warum hat er die beiden dann hier wieder eingestellt? Er hätte sie abweisen und wegschicken können", wandte ich ein.

„Das ist wieder eine ganz andere Sache. Sicherlich hat er gehofft, sie wieder für sich gewinnen zu können, wenn sie erst einmal hier war. Er wollte sie sicher von seiner Großartigkeit und Großzügigkeit überzeugen. Und manchmal ist es ja auch so, neue Besen kehren gut. Pirelli war der neue Besen, und vielleicht hat Mago gehofft, dass Victoria eines Tages erkennt, dass es mit Antonio doch nicht so fantastisch läuft, wie das immer so am Anfang der Fall ist, und wie man sich das vielleicht auch nur erträumt. Er hatte auf diese Weise Victoria dann immer bei sich und konnte versuchen, sie wieder in sich verliebt zu machen. Vielleicht hatte er da am Anfang so einige Pläne, und nun gesehen, dass alles nicht so verlief, wie er sich das erhofft hatte. Und vielleicht hat er sich sogar überschätzt. Vielleicht konnte er es nicht ertragen, die Frau, die er liebte mit einem anderen Mann glücklich zu sehen."

„Da ist was Wahres dran", gab ich zu. „Motive sind da schon genug."

Sie nickte. „Also ich denke, der Kommissar und du, ihr habt mich auch in den Kreis der Verdächtigen einbezogen. Klingt ja auch auf den ersten Blick logisch. Sie könnte mir im Weg gewesen sein, nachdem ich mir inzwischen hier die neue gute Position aufgebaut habe. Aber ich hatte absolut keinen Grund, sie als Konkurrenz zu sehen. Pirelli war auch nicht mein Typ, vermutlich sind eure Gedanken auch in diese Richtung gegangen. Es bahnt sich gerade bei mir und dem Tiertrainer etwas an. Wir sind zwar noch kein Paar, aber er zeigt schon Interesse an mir, und ich lasse ihn noch ein bisschen zappeln, bis ich mir ganz sicher bin, dass er es auch ernst meint."

„Du bringst es auf den Punkt, Elli. Damit bist uns eine große Hilfe", lobte ich sie.

Sie lächelte und zwinkerte mir zu. „Da bliebe jetzt natürlich noch die Sache mit dem Koffer. Es könnte etwas darin gewesen sein, das mich interessiert. Aber was könnte es gewesen sein, dass mich dazu bringt, sie gleich umzubringen? Ich habe auch hier alles, was ich brauche. Ob du's glaubst oder nicht, ich reise gern mit dem Zirkus durch die Lande. Ich brauche die Abwechslung. Ja, und was ich noch brauche, das ist der Applaus. Ich bin glücklich, wenn das Publikum mir zujubelt. Dazu noch ein bisschen Geld in den Fingern und einen netten Freund, und schon bin ich zufrieden. Bei alledem scheine ich jetzt auf dem guten Weg zu sein."

„Hat dir Victoria irgendwann einmal ihre Geheimnisse verraten?"

Elli lachte. „Ah, nein! So eng waren wir nicht miteinander. Aber bis auf diesen komischen Koffer hat sie auch keine Geheimnisse gehabt. Sie hat alles immer laut und fröhlich herausposaunt und war in der letzten Zeit außergewöhnlich fröhlich. Jeder konnte an ihrem Glück teilnehmen. Das war wohl für den

Zirkusdirektor zu viel. So, mehr kann ich dir jetzt auch nicht sagen, und ich muss noch ein bisschen weiter üben. Im Gegensatz zu Victoria habe ich noch einige akrobatische Nummern geplant, mit denen ich mein Publikum überraschen möchte. Schade, dass du gestern nicht dabei warst. So viel Beifall habe ich noch nie bekommen. Ich habe auch eine Nummer extra der Verstorbenen gewidmet, zum Andenken. Denn auch wenn wir keine Freundinnen waren, so tut es mir doch trotzdem leid."

Sie verabschiedete sich von mir und eilte zum Zirkuszelt, um dort zu üben.

Was sollte ich jetzt davon halten, klang sie glaubwürdig? Immerhin, ihre Begründungen und Vermutungen waren bemerkenswert. Oder war sie so gerissen und konnte sich so verstellen?

***

Ich hatte den Wunsch, nun Jérôme zu befragen, der sich mit den Fotos in ein neues Licht gerückt hatte und begann, ihn zu suchen.

Auf dem Weg zur Terrasse begegnete mir Max Kant der Restaurator und begrüßte mich höflich. „Wie schön, dich hier wieder zu treffen. Wir alle haben dich gestern bei der Vorstellung und hinterher beim gemütlichen Abend sehr vermisst."

„Das nehme ich dir nicht ganz ab", antwortete ich ihm. „Mindestens während der Vorstellung hat mich sicherlich keiner vermisst, denn die Akteure und Schausteller sollen außerordentlich gut gewesen sein."

„Eins zu Null für dich", bemerkte er anerkennend. „Aber später, da haben wir über dich gesprochen. Und die netten Rossinis scheinen dich schon halbwegs adoptiert zu haben, wie eine Tochter. Da hast du bestimmt auch schon besonders bei Moro gepunktet, weil du mit einem Italiener verheiratet bist, einem Landsmann von ihm."

„Oh, Gott sei Dank ist hier keiner im Schloss rassistisch. Wir sind international und haben deswegen auch immer viele Künstler aus allen Ländern der Erde zu Gast. Wir hoffen immer, für andere ein Beispiel zu sein."

„Tut mir leid, so habe ich das nicht gemeint. Ich habe wohl heute keinen guten Tag und schaffe es nicht, dir gute Komplimente zu machen. Aber vielleicht ist das auch wegen der ganzen momentanen Situation hier. Im Grunde genommen fühlen wir uns doch augenblicklich hier wie in einem Gefängnis. Einige von uns sind verdächtig, und da können wir diese Ferientage hier nicht so frei genießen, wie das ohne den Mordfall der Fall gewesen wäre."

„Ja, das stimmt allerdings. Wir haben uns das alle ganz anders vorgestellt. Ein fröhlicher und erbaulicher Event, gekoppelt an die schönen

Ausstellungen, die der Künstler Rossini hier zu bieten hat. Und das Ganze in dem wundervollen Ambiente des Schlosses am Rande des historischen Städtchens Sankt Augustine. Das ist Kunstgenuss pur, und sollte normalerweise in heiterer Stimmung genossen werden. Aber das Leben ist eben anders. Dann wollen wir nur hoffen, dass diese traurige Geschichte bald wenigstens durch eine Aufklärung eine neue Wende erhält. Ist dir vielleicht irgendetwas aufgefallen? Kannst du jemanden verdächtigen oder irgendetwas zur Aufklärung beitragen?"

Er zog die Augenbrauen hoch. „Ich kannte Victoria ja leider nicht und bin auch mit dem Zirkusteam nicht näher bekannt. Daher kenne ich mich natürlich auch nicht so aus mit Eifersucht oder Konkurrenz als Motiv. Aber ich gehe einmal davon aus, dass es so etwas in der Richtung gewesen sein muss."

„Wir rätseln auch noch daran", teilte ich ihm mit. „Aber wir kommen nicht so richtig weiter."

„Ich habe gehört, dass du in den letzten zwei Tagen in Frankreich warst, dort, wo Victoria zuletzt gewohnt haben soll. Gab es denn dort neue Erkenntnisse, die euch weitergeholfen haben?"

Ich beschloss, ihm nicht die ganze Wahrheit zu sagen. „Leider nicht. Dort sind alle genauso erschüttert und überrascht, wie die Menschen hier. Mit Frankreich hat der Mord also nichts zu tun."

„Aber Jérôme ist doch auch aus Frankreich, und irgendjemand hat gemunkelt, er sei sehr in Victoria verliebt gewesen. Vielleicht gibt es da doch eine Verbindung."

Oh, gab es da eine undichte Stelle? Wer hatte ihm das wohl verraten? Hatte er gelauscht oder davon rein zufällig etwas mitbekommen? Hatte ihm Jérôme selbst etwas gestanden?

„Ach?" Ich tat so, als wüsste ich davon noch nichts. „Und was schließt du da jetzt daraus? Ist er jetzt auch verdächtig?"

„Ich weiß es nicht. Hast du denn dort nicht nach ihm recherchiert? Er wohnte ja auch dort. Da liegt doch eine Verbindung nahe."

„Der Tierzüchter und der Tierpfleger, Sebastian und Winston, die haben auch mal für Victoria geschwärmt. Sie war nun einmal eine sehr attraktive Frau. Da werden wir noch auf viele Männer treffen, die für sie geschwärmt haben."

„Aber der Kunstprofessor war auch hier, da kann es wirklich gut sein, dass er es dort in Frankreich nicht mehr ohne Victoria ausgehalten hat, und sie hier noch ein letztes Mal gefragt hat, ob sie ihn erhören will. Das ist doch denkbar, oder?"

„Wäre das nicht zu auffällig, den Mord dann gerade hier zu begehen?" gab ich zu bedenken.

„Auffällig? Er konnte keinen besseren Platz finden. Hier können die Zirkusmitglieder, aber auch alle Gäste verdächtigt werden. Wenn das kein gutes Ablenkungsmanöver ist, dann frage ich dich, wo man sie besser hätte ermorden können. Aber wie gesagt, ich kenne mich da nicht aus, und maße mir auch nicht an, die Arbeit der Polizei übernehmen können. Es war nur eine Antwort auf deine Frage. Ich hoffe nur, dass die Sache bald geklärt wird."

„Das hoffen wir alle, Max. Konntest du dich schon ein bisschen umsehen hier?"

„Ja, Adelaide hat mich selbst gestern etwas herumgeführt. Der arme Moro ist ja leider nicht mehr so gut zu Fuß und immer häufiger auf seinen Rollstuhl angewiesen. Bedauerlicherweise schenkt ihm das Leben jetzt im Alter nicht mehr die Möglichkeit, weiter künstlerisch kreativ zu sein. Seine Hände zittern, seine Augen sind schlecht, da kann er leider nur noch in der Vergangenheit leben."

Ich schüttelte energisch den Kopf. „Oh nein! Er genießt es, mit seiner großen Liebe Adelaide, die Stunden zu teilen, die er sich tagsüber mit ihr gönnt. Und er arbeitet auch noch ein bisschen am Computer. Er beschneidet Filme und macht Fotos zurecht, für seine Liebste allerlei Liebesbotschaften, die er ihr immer noch täglich zukommen lässt."

„Er schreibt seiner Frau Briefe?" fragte er verwundert.

„Er schreibt ihr Botschaften über das Handy, ganz modern, wie das nun heutzutage so ist. Und er schickt ihr diese hübschen kleinen Bilder als Liebesbeweise, Botschaften, mit denen sie auch die Jahre überbrückt haben, in denen sie getrennt waren. Fotos mit Inschriften, aber auch kleine Animationsfilme. Da lässt er sich immer wieder etwas Neues einfallen."

„Dann werde ich mich jetzt einmal von dir verabschieden, Abigail. Ich bin nämlich mit ihm in seinem Atelier verabredet. Er wollte mir dort seine alte Maltechnik vorführen. Er hat ja vieles mit Acryl-Farben hergestellt."

„Viel Spaß!" wünschte ich ihm und machte mich auf die Suche nach Jérôme. Ich fand ihn auf der Terrasse, wo er sich gerade mit Will Holly unterhielt. Leise und unbemerkt trat ich hinter die beiden und lauschte dem Gespräch.

„Ich habe Rossini gebeten mir für das Kunstmuseum in Grasse zwei Skulpturen auszuleihen", berichtete Jérôme gerade. „Er ist nicht ganz abgeneigt, aber wir müssen uns noch darüber einigen, welche es sein werden. Ich habe da nämlich zwei ganz bestimmte im Auge. Einmal den Amor mit der Psyche und dann den Romeo mit der Julia."

Will verzog den Mund. „Ich glaube, da wirst du kein Glück haben. Gerade diese beiden sind seine Lieblingsstücke. Ich habe ihn vor Jahren schon einmal gefragt, ob ich sie ihm für mein Auktionshaus abkaufen könnte. Das war zu der Zeit, als er etwas Geld hätte gut gebrauchen können, und zwar zum Kauf dieses Schlosses hier. Aber er wollte sie nicht hergeben, weil sie mit seiner Liebe zu Adelaide zusammenhängen. Er hat sie angefertigt in der Zeit, als sie noch voneinander getrennt lebten."

„Gut, wenn er sie durchaus behalten will, dann bin ich auch mit anderen Skulpturen zufrieden. Aber auch von seinen ausdrucksvollen Bildern hätte ich gern etwas mitgenommen."

„Aber die Verbindung werde ich auf jeden Fall mit ihm halten", freute sich Jérôme. „Ich habe nämlich vor, mit den Kunstschülern auch eine Studienreise hierhin zu machen."

„Eine gute Idee. Hier kommen sie dann mit den anderen Kunstschülern zusammen und können dann sogar im Gästetrakt wohnen. Gleichzeitig ist es ein herrlicher Urlaub in diesem Städtchen und in der Schlossanlage von den Rossinis. Das ist eine geniale Idee von dir. Aber auch ich hoffe, einen Grund zu haben, hier öfter einmal aufzutauchen."

„Tatsächlich. Wird dir hier irgendjemand etwas für das Auktionshaus liefern, vielleicht die Studenten?"

Will lächelte. „Nein, nichts dergleichen. Es ist wegen der Liebe. Ich habe hier jemanden kennengelernt, der mein Herz erobert hat. Aber ich bin noch im Zweifel mit mir."

„Sie liebt dich nicht?"

„Ich denke, sie ist in mich verliebt. Sie ist noch so jung. Sie hat noch das ganze Leben vor sich, und sollte erst einmal meine Artgenossen kennenlernen, um sich entscheiden zu können. Ich kann sie unmöglich jetzt an mich binden."

„Was willst du denn tun? Sie liebt dich, und du liebst sie. Willst du es ihr nicht sagen und mit ihr glücklich werden?"

„Das würde ich schon gern, aber ich bin ein paar Jährchen älter als sie und habe schon ein bisschen Erfahrung gesammelt. Die Zeit möchte ich ihr auch gern lassen, damit sie es nicht nachher bereut."

„Und was willst du jetzt tun, Will?"

„Nichts. Ich werde nett und freundlich zu ihr sein und dann abreisen. Dann werden wir uns erst einmal schreiben, und ich werde abwarten."

„Ich glaube nicht, dass das klug ist. Sie wird enttäuscht sein, und nichts mehr von dir wissen wollen. Sie wird dir nachweinen und dich nach und nach vergessen."

„Das muss ich leider riskieren, Jérôme. Das muss ich dann dem Schicksal überlassen. Ich darf sie auf keinen Fall zu früh an mich binden."

„Davon muss ich dir unbedingt abraten", fand Jérôme. „Ich war auch in Victoria verliebt. Sie ist auch jünger als ich. Und ich hätte keine Sekunde gezögert, sie zu fragen, ob wir ein Paar werden."

„Das ist ja auch ein riesiger Unterschied. Victoria hatte schon eine ganze Menge Lebenserfahrung und hat auch schon Beziehungen hinter sich. Aber Emily ist noch wie ein Kind. Sie ist noch so voller unschuldiger Träume, da kann sie noch nicht solche Entscheidungen treffen."

„Für die Liebe ist sie nicht zu jung, und du bist auch nicht zu alt, Will. Denke doch einmal an Adelaide und Moro, als sie sich kennenlernten. Sie war 17, und er war 26 Jahre alt, und doch wussten beide beim ersten Blick, dass es die große Liebe war. Willst du etwa auch so viele Jahre verschwenden wie die beiden? Fast vier Jahrzehnte waren die Rossinis getrennt. Vermutlich hätten sie so manche glückliche Stunden miteinander erlebt."

„Wer weiß? Ich will es jedenfalls nicht erzwingen. Die Zeit soll es zeigen. Ich werde ja jetzt nicht die Verbindung mit ihr abbrechen, nein. Ich will unbedingt in Kommunikation mit ihr bleiben. Aber ich werde ihr auf keinen Fall beichten, wie sehr ich sie liebe."

„Ja, dann werde ich dich ja hier auch noch öfter antreffen", meinte Jérôme lächelnd.

In diesem Augenblick klingelte mein Handy. Ich eilte zurück in den Flur und entdeckte, dass mich Ermanno anrief. „Amore, endlich!" rief er mit Enthusiasmus ins Telefon. „Das war ja schrecklich die ganze Zeit ohne ein vernünftiges Netz. Liebst du mich immer noch?"

„Natürlich, selbst wenn du auf dem Mond gewesen wärst. Gott sei Dank, dass dir nichts passiert ist! Und ich habe dich auch nicht vergessen. Gar nichts von dir, allerdings wird es Zeit, dass wir uns wieder küssen, denn daran musst du mich unbedingt wieder erinnern. Da weiß ich gar nicht mehr, wie schön das ist", scherzte ich.

„Ich habe dir etwas ganz Wichtiges zu sagen", begann er. „Bist du irgendwo, wo du dich hinsetzen kannst?"

„Ein Moment. Dann gehe ich gerade in die Empfangshalle und setzte mich auf das Sofa. Ist es etwas so Schlimmes? Willst du vielleicht noch sehr lange in Italien bleiben?"

„Sitzt du denn jetzt?"

„Ja, jetzt sitze ich. Mitten auf dem geblümten Sofa vor dem Marmortisch, und ich blicke auf das moderne Bild von Moro, auf dem er seine Adelaide verewigt hat."

„Das ist genau das Stichwort, Tesoro mio! Weißt du, wo ich bin?"

„Vielleicht in Mühlwald, wo sich die beiden kennen gelernt haben?"

„Nein. Denk einmal an etliche Jahre später, als sich die beiden wieder trafen."

„Aha, dann bist du vielleicht in den kleinen Dolomiten, oder am Rand von Valdagno, wo sich die beiden später gesehen haben."

„Ja genau. Zum Abschluss unserer Tour bin ich mit den Studenten durch die kleinen Dolomiten gefahren, und jetzt sind wir in dem Hotel des Herrn von Tiagoberg. Von ihm soll ich auch den beiden Rossinis ganz herzliche Grüße ausrichten."

„Und warum sollte ich mich für diese Nachricht erst hinsetzen? Die beiden werden sich über diese Größe freuen. Seine Frau, die

Geigenvirtuosin Jennifer Trento ist ja gerade hier als Gast. Das weißt du doch bestimmt, ich hatte dir doch am Anfang die Gästeliste vorgelesen und alle berühmten Leute erwähnt, die hier sind."

„Ja, das hast du. Und ich habe mir auch einige Namen davon gut gemerkt. Aber Jennifer Trento ist nicht bei euch. Sie ist jetzt hier und war bis vor ein paar Tagen in Südfrankreich wandern. Und zwar dort im Canyon, im Naturschutzgebiet, gemeinsam mit zwei Freundinnen mit einem Zelt. Dort in Frankreich ist ihr auch das Handy abhanden gekommen. Weil jetzt aber da auch ein Unwetter hereingebrochen ist, hat sie ihre Tour dort abgebrochen und ist zu ihr Mann zurückgekehrt."

Ich stutzte. „Aber Jennifer ist doch jetzt hier. Wie kann das denn sein?"

„Du kannst sicher sein, dass diese Frau, die jetzt bei euch ist, nicht Jennifer Trento ist. Das alles ist wirklich sicher, denn wenn einer diese Frau kennt, dann ist es ihr eigener Mann, dieser Friedrich von Tiagoberg."

„Ich verstehe jetzt gar nichts mehr. Warum gibt sich diese Frau hier denn für Jennifer aus?"

„Das haben wir uns ja auch alle gefragt, und wir sind bis jetzt zu dem Ergebnis gekommen, dass sie auf jeden Fall unbedingt an diesem Fest teilnehmen wollte, um sich bei den Rossinis einzuschleichen. Da sie ja eine angebliche Geigenvirtuosin ist, wollte sie sich vermutlich in die Künstlerszene hineinschmuggeln, um da Eindruck zu machen, aufzufallen und vielleicht sogar berühmt zu werden. Wer weiß."

„Das ist ja wirklich sehr komisch. Was hat denn die echte Jennifer dazu gesagt?"

„Sie hat überlegt, dass diese falsche Jennifer wohl ihr Handy gestohlen haben muss. Und natürlich hat sie auch nachgedacht, wo das gewesen sein könnte. Jennifers Freundinnen sind aus Südfrankreich. Die eine ist aus Nizza und die andere aus Grasse. Dort haben sich die Frauen auch getroffen und waren dort eine Nacht im Hotel, bevor sie loswanderten. So vermutet Jennifer, dass man ihr das Handy dort gestohlen hat."

Ich nickte anerkennend. „Dann hat die falsche Jennifer ja ganze Arbeit geleistet, wenn sie allein aus diesem Handy alle Informationen herausgezogen hat, die sie hier für ihr falsches Auftreten brauchte."

„Nun ja vielleicht nicht nur daraus", meinte Ermanno. „Möglicherweise hat sie auch aus dem Meldebogen vom Hotel Jennifers Adresse in Italien herausbekommen und sich dann wiederum über das Internet weiter informiert."

„Das ist aber sehr komisch", fand ich. „Das ist so ein merkwürdiger Zufall. Woher wusste sie denn, dass sich Jennifer und Moro Rossini kannten. Und diese ganzen Zusammenhänge finde ich sehr kompliziert. Dann müsste sie ja dieses Handy absichtlich gestohlen haben und Jennifer schon lange vorher beobachtet haben. Ich verstehe diese ganzen Verbindungen nicht."

„Das haben wir auch noch nicht geklärt, Carissima. Das ist wirklich alles noch ein bisschen seltsam. Aber es steht auf jeden Fall fest, die Frau, die bei euch ist, ist eine Betrügerin. Warum auch immer!"

Ich konnte es nicht glauben. „Das muss ich unbedingt mit Niklas besprechen. Bleibst du noch lange in Italien?"

„Vielleicht bleiben wir noch zwei Tage hier. Aber dann geht es zurück, und ich zähle schon die Stunden, bis ich wieder bei dir bin."

„Ich habe zwar keine Zeit, die Stunden zu zählen, aber ich vermisse dich auch, mehr als alles andere auf der Welt", gestand ich ihm.

Nach dem Abschied mit den üblichen telefonischen Küsschen suchte ich den Kommissar auf und teilte ihm die wichtigsten Neuigkeiten mit.

„Und was hast du nun vor?" fragte ich Niklas. „Willst du diese falsche Jennifer festnehmen?"

Niklas schüttelte den Kopf. „Nein, auf keinen Fall. Möglicherweise wollte sie sich hier nur den Eintritt und den Aufenthalt erschwindeln, dann ist sie vielleicht noch nicht weiter gefährlich. Aber die Verbindung zu dem Ort Grasse und dem gestohlenen Handy gibt mir zu denken. Deswegen vermute ich, dass sie mit dem Mordfall zu tun hat. Vielleicht finden wir heraus, wer diese Frau wirklich ist. Du hast doch von dieser Frau gesprochen, die sich in dem Café mit Victoria getroffen hat, die etwas streng aussah. Kannst du dir vorstellen, dass es diese falsche Jennifer ist."

„Nein. Diese Frau hier sieht überhaupt nicht streng aus, und ich glaube auch nicht, dass sie sich durch eine andere Frisur und etwas Schminke in diese Richtung so stark verändern könnte. Leider habe ich von der jungen Dame aus dem Kunstmuseum in Grasse noch kein Phantombild bekommen. Aber ich werde mich gleich noch mal mit ihr in Verbindung setzen. Ich muss unbedingt ein paar Vergleichsfotos haben, die ich hin und her schicken werde. Vielleicht ergibt das ja eine Verbindung. Ich lasse mir schon einmal ein Foto von der echten Jennifer Trento schicken. Das leite ich dann an Beatrice und an die junge Frau im Kunstmuseum weiter. Und du beschaffst mir bitte ein Foto von dieser falschen Jennifer hier. Das werde ich ebenfalls an Beatrice und die junge Frau im Kunstmuseum weiterleiten. Das

Ganze schreit einfach nach diesen Zusammenhängen. Schließlich wurde der echten Frau des Friedrich von Thiagoberg das Handy gestohlen und diese falsche Jennifer hat es ihr offenbar in Grasse gestohlen und tritt hier als die echte Ehefrau dieses Friedrich auf. Irgendwo finden alle Fäden in Grasse zu einem dicken Knoten zusammen, den wir lösen müssen. Denn das alles ist nun wirklich kein Zufall mehr."

„Mit einem Foto von dieser falschen Jennifer kann ich dienen, Abigail. Wir haben alle Personalien von den Gästen aufgenommen, natürlich mit Fotos. Ich schicke es dir sofort auf dein Handy, damit du es an die beiden Frauen weiterleiten kannst. Aber erkläre mir doch bitte einmal, wie du da jetzt die Zusammenhänge siehst!"

„Also gut, es muss doch da irgendwelche Verbindungen geben zwischen diesen Frauen.

Die falsche Jennifer muss bei ihrem Aufenthalt in Grasse dieser echten Jennifer begegnet sein, um ihr das Handy zu stehlen. Aber sie muss auch Verbindung zu Victoria gehabt haben. Sonst hätte sie nicht auf die Idee kommen können, hier nach Sankt Augustine zu kommen, Sankt Augustine war das Ziel der jungen Tänzerin. Folglich muss die falsche Jennifer Verbindung zu beiden Frauen gehabt haben. Wahrscheinlich waren sie alle in demselben Hotel und haben sich dort kennengelernt. Und irgendetwas Geheimnisvolles verbindet die drei Frauen miteinander. Die Kassiererin vom Kunstmuseum kennt die strenge Frau aus dem Café, die sich angeregt mit Victoria unterhalten hat. Und Beatrice kennt die junge Tänzerin ebenfalls und bestimmt einige Leute aus ihrem Umkreis. Das muss uns doch jetzt bestimmt Aufschluss geben."

Während Niklas mir das Foto übermittelte, bat ich Ermanno in einer Kurznachricht um ein Foto von Friedrichs Ehefrau, der echten Jennifer. Danach schickte ich das Foto der falschen Jennifer an Beatrice und die junge Frau im Kunstmuseum.

„Gut", meinte Niklas. „Dann werde ich mich noch einmal um Jérôme kümmern. Leider verhärtet sich damit auch der Verdacht, dass er seine Hände mit im Spiel hat. Denn immerhin kommt er auch von dort und ist Victoria bis hierhin nachgereist."

Während er sich auf den Weg zu Jérôme machte, suchte ich meine Nichte. Auf dem Flur traf ich Max, den Restaurator.

Er blieb stehen „Kann ich dir irgendwie behilflich sein, Abigail?" fragte er mich.

„Ich suche Emily, aber das Schloss ist so groß, da muss man immer eine Wanderung unternehmen, bis man jemanden gefunden hat."

„Ich habe sie eben mit dem Hund Bärchen gesehen, der zieht deine Nichte wohl überall hin und her, und es ist wahnsinnig aufregend."

„Wieso aufregend? Hat der Hund etwa irgendetwas gefunden?"

„Bisher leider noch nicht. Aber er verfolgt ständig neue Spuren. Das hat mir jedenfalls deine Nichte erzählt. Sie ist wirklich reizend. Ich könnte mich wirklich in sie verlieben."

„Oh, nicht auch noch du. Das wird immer komplizierter. Aber ich denke, sie wird Ruhe finden, wenn dieser ganze Fall hier gelöst ist."

Er lächelte geheimnisvoll. „Soll ich dir meinen neuen Verdacht mitteilen? Bisher hatte ich auch an einen Eifersuchtsmord geglaubt. Ich hatte den Zirkusdirektor in Verdacht wegen seines hervorstechenden Motivs, und später hatte ich diese Elli im Verdacht, weil es für sie auch Grund genug gab, Victoria aus dem Weg zu räumen. Aber jetzt hat sich bei mir ein

Verdacht erhärtet, den ich vorher nur ganz vage hegte. Soll ich dir bei der Aufklärung helfen, liebste Abigail?"

„Ich bin für jede Anregung dankbar. Wen hast du denn jetzt in Verdacht, Max?"

„Diesen Will Holly. Ist er dir nicht auch schon aufgefallen?"

Ich sah ihn mit großen Augen an. „Wie kommst du darauf? Weshalb verdächtigst du ihn?"

„Zuerst habe ich ihn verdächtigt, weil er sich ganz heimlich und leise an deine Nichte Emily heran gemacht hat. Damit hat er natürlich jetzt Zugang zu den ganzen Ermittlungsergebnissen der Polizei. Gemeinsam mit Emily weiß er nun jederzeit, wie weit der Kommissar mit seinen Recherchen gekommen ist. Und indem er vorgibt, da mitzuhelfen, ist er nicht nur jederzeit im Bilde, sondern kann auch blitzschnell reagieren. Für mich ist er ein Wolf im Schafspelz und war daher von dem Moment an schon verdächtig, seitdem er sich an deine Nichte heran gemacht hat. Aber inzwischen habe ich noch viel mehr herausgefunden."

„Du machst mich neugierig, Max."

„Das dreht sich ja inzwischen alles um einen geheimnisvollen Koffer, Abigail. Das weißt du doch bestimmt."

Ich sah ihn verwundert an. „Woher weißt du das?"

„Wahrscheinlich ist deine kleine Nichte doch noch keine so perfekte Kommissarin. Zuerst war der Hund Bärchen hier nur engagiert, um Spuren von Victoria zu finden. Aber mittlerweile läuft sie mit dem Tier im ganzen Schloss und im Park herum auf der Suche nach einem geheimnisvollen Ding. Und dieser Jennifer Trento muss sie wohl sehr vertraut haben, der hat sie dann von dem Koffer erzählt. Und die wiederum hat alles an uns alle weitergeleitet, natürlich, damit wir alle bei der Suche helfen können."

Ich stöhnte. „Na prima! Da haben wir den Salat! Aber wieso ist jetzt dieser Mister Holly dadurch noch verdächtiger geworden? Das kann ich jetzt nicht nachvollziehen."

„Ja, das kommt ja noch. Die Geschichte ist sehr spannend."

„Dann mach es du bitte nicht noch spannender!" bat ich ihn. „Uns könnte nämlich sonst die Zeit davonlaufen. Warum ist er jetzt verdächtiger geworden?"

„Ich habe mich heute Nachmittag mit ihm länger unterhalten. Ich wollte wissen, ob er wirklich so ein Kunstkenner ist, wie das ein Auktionator sein sollte. Da habe ich ihm dann ein paar Fragen gestellt. Als Erstes machte es mich misstrauisch, dass er nicht diese alte Mühle im süddeutschen Raum kennt, in der die ganz alten Farben zum Restaurieren hergestellt werden, für die uralten Bilder in Kirchen und Schlössern und Museen. Diese Farbmanufaktur ist nämlich weltberühmt und jedem Kunstkenner bekannt. Da hat er dann das Gespräch schnell auf ein anderes Thema gebracht. Er hat vor, Moro Rossini um einige Skulpturen zu erleichtern, die er dann in seinem Auktionshaus teuer verschachern will. Und so vermute ich, dass er von diesen Figuren Duplikate hat anfertigen lassen, die er dann heimlich und unbemerkt mit den Originalen austauschen möchte. Ich gehe mal davon aus, dass er diese Duplikate in einem Koffer bei sich trug. Entweder hat er sie Victoria gegen ein Schweigegeld zum Aufbewahren gegeben, oder Victoria hat ihn sogar damit erpresst, um zu Geld zu gelangen. Aber dann ist irgendetwas schief gelaufen. Will Holly musste die junge Frau umbringen, um wieder an den Koffer zu kommen, der irgendwo hier im Schloss versteckt sein muss."

Ich staunte. „Das ist ja eine spannende Theorie! Ich weiß, dass Holly an einigen Werken von Rossini interessiert ist. Aber soviel ich weiß, wollte er sie auf legalem Weg erwerben. Wäre ein kleiner Koffer bei ihm nicht aufgefallen? Ein Koffer mit den Duplikaten?"

„Ein kleiner Koffer kann in einem großen Koffer gewesen sein. So fällt er auch nicht auf. Gewiss, im Schloss wäre er vielleicht eher aufgefallen. Aber dann hat er ihn Victoria zum Aufbewahren gegeben, weil sie mehr Möglichkeiten hatte, dieses Gepäckstück bei sich zu verstecken."

„Victoria ist als ehrliche Frau bekannt. Warum sollte sie so etwas getan haben?"

„Bei Geld werden viele schwach, Abigail. Das ist dir doch bestimmt auch schon beim Lösen deiner vergangenen Fälle aufgefallen. Wer weiß, was er ihr da erzählt hat? Wer weiß, womit er auch Rossini bei seiner Geschichte ins Unrecht gesetzt hat. Vielleicht hat er sogar behauptet, Moro habe ihm diese Skulpturen einmal versprochen gehabt. Er hat bestimmt viel Fantasie und sich irgendetwas ausgedacht, womit er Victoria überzeugen konnte."

„Deine Theorie hört sich schon sehr interessant an. Ich werde das auf jeden Fall mit dem Kommissar besprechen, und wir werden ein noch besseres Auge auf Holly haben. Aber jetzt muss ich unbedingt Emily suchen. Entschuldige mich bitte!"

Ich ließ ihn stehen und eilte weiter, ganz in Gedanken versunken.

***

Das war jetzt wieder ein ganz neuer Gedanke. Aber so ganz abwegig war es nicht, was er mir da neu in den Kopf gepflanzt hatte. Und die andere Geschichte? Frankreich, Grasse, die falsche Jennifer, die geheimnisvolle strenge Frau? Was spielten die für eine Rolle? War das vielleicht ein ganz anderer Fall und hatte mit dem Mord und dem Koffer gar nichts zu tun?

In diesem Augenblick bekam ich Antwort aus Frankreich. Beatrice rief mich an und teilte mir aufgeregt mit: „Das ist ja eine ganz verrückte Geschichte, liebe Abigail! Eure komische Jennifer ist niemand anderes als diese Praktikantin Helene Winterlich. Sie war mit ihrem Mann ein paar Wochen hier und hat hauptsächlich bei Frau von Breitenstein im Labor gearbeitet. Sie war, soweit mir bekannt ist, immer nett und freundlich, fleißig und aufmerksam und hat sich nichts zuschulden kommen lassen. Warum sie sich aber dann jetzt plötzlich bei euch im Schloss einschleicht, gerade zu der Zeit, in der das Event dort stattfindet und Victoria ebenfalls dort ist, das bringe ich nun auch nicht zusammen. Die andere Frau die echte Jennifer, die Frau des Friedrich von Tiagoberg, die ist mir nicht bekannt. Ich habe sie auch nicht in Gesellschaft mit Victoria oder Melanie von Breitenstein, meiner Freundin gesehen. Da kann ich dir leider nicht weiterhelfen."

Ich staunte. „Das ist schon ein ganz großartiges Ergebnis, liebe Beatrice! Ich kann es kaum glauben. Ich hätte niemals gedacht, dass wir so schnell die Identität der falschen Jennifer herausfinden könnten. Da hast du uns wirklich sehr geholfen. Jetzt müssen wir nur noch klären, warum sie hier ist, und warum sie unter falschem Namen hier aufgetreten ist. Ein Handy zu stehlen ist schließlich keine Kleinigkeit. Ein Mensch mit einem guten

Gewissen hätte hier einfach bei den Rossinis angefragt, ob er hier in dem Schloss zu diesen Festtagen willkommen sei. Es muss auf jeden Fall irgendetwas Verbotenes dahinterstecken."

„Ich denke es hat mit dem Mord zu tun. Versuch doch einmal herauszubekommen, ob sie vielleicht auch dort in der Gegend von St. Augustine eine Parfümerie aufmachen wollte. Oder vielleicht kannte sie Pirelli von früher und war auch eifersüchtig auf die schöne Victoria. Sicher wirst du da ein paar Verwicklungen finden."

„Ich werde das alles untersuchen", versprach ich Beatrice. „Und dann informiere ich dich natürlich umgehend. Bis dahin, hab erst mal ganz herzlichen Dank für deine erfolgreiche Mitarbeit!"

„Nichts zu danken, liebe Abigail! Du weißt ja, ich tue es auch für meine verstorbene Freundin.

Ich werde auch nicht eher ruhen, bis alles geklärt ist."

„Bis bald dann! Und ich hoffe für dich, dass du trotz deiner Trauer auch an ein paar schöne Stunden gemeinsam mit Victoria denken kannst, Erinnerungen des Herzens, die dir keiner nehmen kann!"

„Danke dir, und ich freue mich auf bald!" Sie trennte das Gespräch.

Ich schüttelte den Kopf und konnte es immer noch nicht fassen. Diese falsche Jennifer hier war Helene Winterlich, die als Praktikantin mit Duftstoffen und Aromen gearbeitet hatte. Und wenn in diesem Koffer doch eine wertvolle Essenz gewesen war? Irgendetwas ganz Wertvolles?

Eine weitere Nachricht unterbrach meine Gedanken. Sie kam von der jungen Kassiererin des Kunstmuseums. Sie schrieb: „Die jüngere, fröhliche Frau mit dem Namen Jennifer kenne ich nicht, habe ich nie gesehen. Aber die andere, deren Namen du mit Frau von Tiagoberg angibst, genau diese Frau habe ich mit Victoria im Café gesehen. Sie hatte zu dem Zeitpunkt allerdings eine andere Frisur und trug die Haare streng hinter die Ohren gekämmt. Sie wird bestimmt sagen können, was sie mit der Tänzerin im Café besprochen hat."

Wieder ein Erfolg! Heute war wirklich ein guter Tag! Nach den unendlich vielen Stunden nur kleiner Fortschritte gab es nun endlich ein paar überraschende Erfolge, die wie glückliche Zufälle aussahen. Aber wie heißt es so schön? Das Glück ist mit den Tüchtigen. Wir hatten bisher wirklich alles versucht und waren dabei wahrscheinlich auch viele kleine Umwege gegangen. Aber, Hauptsache sie führten zum Ziel!

Ich rief Ermanno an, hatte aber keinen Erfolg. Vermutlich war er wieder mit seinen Studenten beschäftigt oder hatte keinen Empfang. Daher schrieb ich ihm eine Nachricht, in der ich ihn bat, die echte Jennifer ausgiebig zu interviewen. „Bitte frage sie unbedingt, was sie alles mit Victoria gesprochen hat. Frage sie über das Kennenlernen und alle Themen der Unterhaltung, und vergiss nicht, auch nachzuhören, ob sie dabei von der falschen Jennifer belauscht wurde. Das ist nämlich meine Vermutung, denn sonst sehe ich keinen anderen Grund, warum Helene Winterlich das Handy von Frau Tiagoberg klauen und ihre Identität annehmen sollte."

Erneut machte ich mich auf die Suche nach meiner Nichte. Da ich sie im Schloss nirgends fand, und auch Will Holly, der gerade mit Rossini im Atelier saß, keine Ahnung hatte, wo sich Emily aufhielt, suchte ich auch im Park weiter.

Ich fand sie im Gewächshaus mit Blümchen und mit Bernhard, der gerade verwundert den Kopf schüttelte.

„Was habt ihr beide denn?" erkundigte ich mich neugierig.

Emily sah mich an, als habe sie einen Geist gesehen. „Blümchen hat mich überall hin und her gejagt. Im Schloss und dann auch im Garten, kreuz und quer. Und dann wollte der Hund unbedingt hier in das Gewächshaus. Natürlich habe ich sofort Bernhard gerufen, ich wusste ja nicht, was mir dort begegnete."

„Und? Wurde hier etwas gestohlen?"

Bernhard grinste. „Im Gegenteil. Hier wurde etwas eingepflanzt."

„Wer darf denn hier noch etwas anpflanzen außer dir und den beiden Rossinis?" erkundigte ich mich. „Und was ist es denn?"

„Ohne Erlaubnis darf hier niemand etwas anpflanzen. Die Studenten haben ein kleines

Gewächshaus am anderen Ende, wo sie Tomaten und Kräuter züchten können. Ein paar haben sogar ein paar Erdbeeren dort. Aber hier in diesem speziellen Gewächshaus hat nur Moro Rossini selbst seine Kostbarkeiten. Das allerdings, was hier angepflanzt wurde, ist eine Wildpflanze. Sie heißt Engelwurz."

„Was ist denn das für eine Pflanze?" erkundigte ich mich. „Kann man etwas Besonderes damit machen?"

„Das Öl wird zum Beispiel für Kräuterlikör verwendet, in vielen bitteren Schnäpsen, andere Bestandteile, wie zum Beispiel die Stiele werden als Süßigkeit verarbeitet, in Gin und verschiedenen alkoholischen Getränken werden ihre Bestandteile zum Aromatisieren benutzt, und es gibt auch diverse Völker in der Welt, die den Samen essen."

„Also nichts Spektakuläres. Dann hat bestimmt irgendein Kunststudent die Beete verwechselt."

„Nun ja. Diese Pflanze scheint eine besondere Züchtung zu sein. Engelwurz wird auch in der Medizin verwendet, in der Homöopathie bei Magen und Darmproblemen, zur Anregung der Bauchspeicheldrüse, es soll auch antibiotisch wirken. Aus den Wurzeln wird aber andererseits eine Droge gewonnen, die auch als Schlafmittel verwendet wird. Aber ich denke einmal, um daraus einen Drogenverkauf zu gestalten, müsste man diese Pflanze noch spezieller züchten."

Ich war fassungslos. „Das ergibt aber alles einen Sinn. Unsere falsche Jennifer, also Helene Winterlich, hat ein Praktikum bei Melanie von Breitenstein absolviert. Soviel ich weiß, ging es da auch um Kräuter, die für Parfüms verwendet werden. Und Victoria wurde auch mit einem Schlafmittel getötet, allerdings mit einem synthetischen Stoff und keinem Pflanzenextrakt. Aber merkwürdig ist das Ganze schon. Allerdings, wie kommt diese Pflanze hierher?"

„Vielleicht versteckte sie Victoria zuerst in dem geheimnisvollen Koffer und hat sie dann später hier versteckt und eingegraben."

Ich zog die Augenbrauen hoch. „Aber von wem hatte sie diese Pflanze? Und was wollte sie damit? Wollte sie sie ebenfalls in ihrer Parfümerie verwenden. Wollte sie damit eine Drogenpflanze züchten. Oder wollte sie sie hier an jemanden verkaufen, der allerdings dann kein Geld dafür bezahlen wollte? Hatte sie einen Deal mit dieser falschen Jennifer?"

„Am besten rufst du sofort den Kommissar hierher", riet mir Bernhard. „Er muss jetzt entscheiden, wie es weitergeht. Und er muss auch sagen, ob diese Pflanze hier weiter bleiben soll."

Ich schrieb eine kurze Nachricht an den Kommissar, mit der Bitte, einmal in Rossinis

Gewächshaus zu kommen. Ich berichtete meiner Nichte und Bernhard von der falschen Jennifer und den Recherchen über die echte Frau von Tiagoberg.

Emily überlegte. „Wenn diese Pflanze tatsächlich Victoria gehörte, könnte sie sie wirklich hier versteckt haben. Auf der anderen Seite könnte auch diese falsche Jennifer der Tänzerin die Pflanze abgenommen und hier versteckt haben. Ich denke, sie muss jetzt extrem gut bewacht werden."

„Vielleicht hatte diese falsche Jennifer einen Komplizen? Vielleicht ist es ja Jérôme Grande, der mit ihr gemeinsame Sache gemacht hat. Schließlich ist er auch aus Grasse und kannte Victoria.". meinte Bernhard.

„Warum sollte er scharf diese Pflanze sein", überlegte ich. „Er ist doch im Kunstbereich tätig. Da will er doch bestimmt jetzt keine Kräuter züchten."

„Aber gerade im Bereich von Künstlern hört man vermehrt von Alkohol und Drogen", fand Bernhard. „Er kann also auch Interesse an dieser neuen Züchtung haben."

Ich verzog das Gesicht. „Irgendwie ist das für mich nicht logisch. Warum soll er Victoria für diese eine Pflanze hier umgebracht haben, wenn er sie doch geliebt hat."

„Vielleicht hat er sie gar nicht geliebt", vermutete Emily. „Vielleicht war das jetzt nur sein Alibi. Damit hat er vielleicht nur seine Reise nach hierher begründet. Das ist doch möglich. Und in Wirklichkeit war er ihr Komplize, will die Pflanze aber jetzt selbst für sich verkaufen und das Geld allein behalten. Wer weiß, was so Drogenbosse für diese Pflanze alles bezahlen. Davon haben wir ja keine Ahnung."

Ich schüttelte den Kopf. „Das klingt alles so kompliziert. Vielleicht ist alles viel einfacher, als wir denken. Und vielleicht ist diese Pflanze auch ganz harmlos. Man muss ja erst einmal untersuchen, ob sie wirklich jetzt eine vermehrte Substanz der Droge enthält."

„Darauf kannst du Gift nehmen", scherzte Emily. „Ich denke, der Kommissar wird sie sicher untersuchen lassen."

Niklas eilte herbei und begutachtete das Kraut mit dem harmlosen Namen „Engelwurz".

„Ich möchte nur wissen, wer dieser Pflanze diesen harmlosen Namen gegeben hat, wenn sie auch derart missbraucht werden kann."

Emily sah im Internet nach. „Aha! Da haben wir es. Den Namen hat diese Pflanze von einer Legende. Ein Engel wurde hinabgesandt auf die Erde, mit dieser Pflanze zur Heilung der Pestkrankheit. Da sieht man es wieder einmal, wie es mit allem hier auf der Erde ist. Das Ding ist neutral, aber der Mensch kann es verwenden mit guten oder mit schlechten Absichten. Du kannst eine schwere Krankheit mit dieser Pflanze heilen, aber du kannst auch einen Menschen mit dieser Pflanze als Droge in den Abgrund stürzen."

Wir sahen uns bestürzt an. „Ob derjenige, der diese Pflanze hier eingesetzt hat, wirklich weiß, wie gefährlich sie ist?" überlegte ich.

Niklas dachte nach. „Gehen wir doch einmal von der Theorie aus, dass Victoria diese Pflanze mitgebracht hat. Und nehmen wir einmal an, das sei schon eine besonders entwickelte Züchtung mit einem extrem hohen Drogenanteil. Dann ist sie natürlich für die entsprechenden Kreise interessant und wertvoll. Das Geld konnte die junge Tänzerin sehr gut gebrauchen für den Kauf der Felder. Woher hatte sie die Pflanze, und an wen wollte sie dann diese Pflanze verkaufen?"

In diesem Augenblick meldete sich mein Handy. Es war Ermanno, der Neuigkeiten für uns hatte. „ Ciao Amore", begann er, „ich habe mit Frau von Tiagoberg gesprochen, und da gibt es einige interessante Neuigkeiten. Es ist so viel, dass ich das dir nicht alles übermitteln möchte. Jennifer ist selbst am Apparat und möchte mit dir über Victoria sprechen. Ich reiche jetzt das Telefon weiter."

Ich stellte das Telefon auf „Laut", und ließ Emily, Bernhard und den Kommissar mithören.

„Guten Tag, liebe Abigail. Ihr Mann hat mir schon sehr viel von Ihnen erzählt, und ich würde mich freuen, wenn wir uns auch einmal kennen lernen. Sie dürfen mich gerne besuchen, aber wie Sie schon gehört haben, reise ich auch viel in der Welt umher, denn Reisen ist meine Leidenschaft. Victoria kenne ich schon sehr lange, schon seit ihrem Aufenthalt in Italien, denn Antonios Bruder wohnt nur drei Häuser von uns entfernt. Ich habe die junge Tänzerin immer schon sehr verehrt und habe auch ihre

Veranstaltungen im Minizirkus besucht. Auch meinen beiden Freundinnen habe ich oft von ihr vorgeschwärmt. Und so hatten wir dann neulich unsere Tour in Grasse begonnen, wo Victoria auftrat. Meine Freundinnen und ich, wir gönnten uns eine Vorstellung im Minizirkus. Ich traf mich auch privat mit ihr in einem Café, und sie erzählte mir alles über ihre Reise zu den Rossinis. Ich bedauerte, dass ich selbst nicht mitfahren konnte, weil meine Freundinnen sich mit mir auf die Wandertouren durch das Canyon freuten. Aber offenbar hatte uns diese Frau Winterlich schon länger beobachtet und wahrscheinlich auch abgehört. Die Technik ist ja heutzutage schon so gut, dass es Geräte gibt, mit denen man Gespräche auch aus einiger Entfernung aufnehmen kann. Irgendwie muss das Ganze meiner Doppelgänger sehr gut in ihre Pläne gepasst haben. Natürlich auch meine Bekanntschaft mit den Rossinis. Aber wenn Sie mich jetzt fragen, was ich von der ganzen Sache halte, so fürchte ich, dass Sie es nicht mit irgendeiner kleinen Betrügerin zu tun haben. Es sieht mir schon nach einer größeren Organisation aus, wenn sie mit solchen Abhörgeräten arbeiten. Ich schließe allerdings auch nicht ganz aus, dass diese Helene einfach am Nachbartisch gesessen haben könnte, wir haben uns recht laut und lebhaft unterhalten."

„Da haben Sie uns aber jetzt schon sehr weitergeholfen, liebe Jennifer", fand ich. „Jetzt wird uns auch so einiges klar." Ich bedankte mich bei ihr und verabschiedete mich auch noch einmal von Ermanno, der mir für die weiteren Ermittlungen viel Erfolg wünschte.

„Das ist wirklich sehr interessant", bemerkte Emily. „Dann haben sich die beiden Frauen Helene und Victoria vermutlich doch auch irgendwann einmal in Grasse kennengelernt.

Möglicherweise doch auch in der Firma von Beatrice und Melanie. Schließlich haben sie beide dort gearbeitet."

„Ja, das ist wahrscheinlich", stimmte ich ihr zu.

„Beatrice wusste zwar nichts davon, aber das hat nichts zu sagen. Ich denke, ich werde diese Melanie doch noch einmal interviewen müssen. In ihrem Labor hat ja Helene, die falsche Jennifer mit ihrem Mann hauptsächlich gearbeitet. Und sie arbeitete für ihr Parfüm auch hauptsächlich mit Kräutern und Wildpflanzen. Es ist jetzt wirklich nur die Frage, ob von dort dieser Engelwurz herstammt, oder ob Helene und ihr Mann, vielleicht sogar gemeinsam mit Victoria diese besondere Züchtung vorgenommen haben."

„Wer ist eigentlich Helenes Mann?" erkundigte sich der Kommissar. „Vielleicht ist dieser Norbert Winterlich auch einer unserer Gäste."

Emily riss die Augen auf. „Vielleicht ist das Jérôme? Er ist auch von dort. Das wäre naheliegend."

„Das glaube ich nicht", meinte Bernhard. „Er kommt mir sehr seriös vor. Und er ist selbst reich genug mit seinem Museum und seiner Kunstakademie. Das wäre auch sicherlich zu auffällig, wenn sich hier ein Ehepaar eingeschmuggelt hätte. Vielleicht wartet Helenes Partner irgendwo im Gasthof von Sankt Augustine auf sie oder hat sich bei den Zwillingen im Gutshof einquartiert. Aber vielleicht ist er auch in Frankreich geblieben."

„Wir werden natürlich letztendlich auch die Personalausweise kontrollieren", beruhigte uns Niklas. „Aber zunächst einmal will ich ganz vorsichtig sein und keine Unruhe aufkommen lassen. Wenn sich das alles tatsächlich so verhält, wie wir jetzt annehmen, dann müssen wir diese falsche Jennifer in Sicherheit wiegen.

Aber noch ist natürlich gar nicht heraus, ob sich die Angelegenheit mit der Pflanze auch mit dem Mord verbindet. Wir haben noch immer keinen Anlass, einen Mord aus Eifersucht auszuschließen."

„Sind wir denn auch irgendwie gefährdet, Niklas", erkundigte sich Emily.

Der Kommissar hob kurz die Schultern. „Wer zu viel weiß, ist natürlich immer in Gefahr. Aber es scheint in diesem Fall doch ein klares Motiv zu sein, egal ob es jetzt ein Eifersuchtsmord war, oder mit diesem Koffer und möglicherweise mit dieser Pflanze zu tun hat. Da haben zum Glück die Außenstehenden wenig damit zu tun. Allerdings müssen wir trotzdem jetzt besonders vorsichtig sein. Wir wissen alle, dass diese falsche Jennifer nicht ehrlich ist. Deshalb müssen wir sie besonders gut beobachten und keiner von uns darf ihr vermitteln, dass er sie verdächtigt. Ich habe allerdings auch schon zwei meiner Leute beauftragt, den Zirkusdirektor und Elli und Pirelli zu beobachten. Auch da kann es immer noch etwas geben, das wir noch nicht wissen."

„Genau", meinte Emily. „Da sieht man jetzt mal wieder, wie die Dinge plötzlich zusammenpassen, sich die Puzzleteile zusammensetzen. Und oft ist die Welt kleiner, als man denkt. Gut, wir wussten, dass Victoria vorher in Italien war, aber Italien ist groß, und dass ausgerechnet dieser Ort Valdagno wieder so ein Knotenpunkt ist wie Grasse, das konnte man auch nicht ahnen."

„... Und so ein Knotenpunkt wie Sankt Augustine", fügte Bernhard hinzu. „Und doch gibt es da überall ganz große Gemeinsamkeiten. Das sind alles Treffpunkte für Künstler und künstlerisch aktive Menschen. Und Rossini ist eben ein bekanntcr Maler, in vielen Museen weltweit sind seine Werke ausgestellt."

„Und damit wären wir wieder bei Moros Skulpturen", bemerkte ich und wandte mich an Emily. „Hat dir Will schon davon erzählt, dass er gern ein paar Kostbarkeiten von Rossini erwerben möchte?"

„Ja, natürlich. Und ich laufe auch schon die ganze Zeit wie eine Katze um den heißen Brei um Moro herum, um ihn zu becircen. Rossini hat doch schon genug seiner Schätze hier herumstehen. Das kann es ihm doch nur Freude bereiten, wenn er hört, wie sehr andere seine Skulpturen lieben. Und so wird er noch berühmter in der ganzen Welt, in allen Ländern. Da kann er doch eigentlich nichts dagegen haben. Ich bin sicher, Will wird diese Figuren nur an Kunstliebhaber verkaufen."

„Du setzt dich ja mächtig für ihn ein, Emily!" fand Niklas. „Steckt da mehr dahinter?"

„Ich hoffe, du verdächtigst ihn nicht! Ja", gab Emily ehrlich zu. „Und das wäre eine Katastrophe, wenn er irgendetwas damit zu tun hätte. Aber ich bin ganz sicher, dass das nicht der Fall ist. Du kannst dich auf mein Bauchgefühl verlassen, Niklas!"

„Das Bauchgefühl reicht mir nicht. Ich werde mich jetzt noch einmal um die Personalien aller Gäste hier besonders kümmern und alles überprüfen lassen, die Namen von jedem einzelnen. Ich werde auch die Personalausweise nachschauen und herausfinden, ob da ein gefälschter dabei ist."

„Und ich werde mir inzwischen von Melanie von Breitenstein ein Foto schicken lassen und zwar von Helenes Mann, von Norbert Winterlich, also dem Mann der falschen Jennifer Trento."

Emily lächelte. „Gut, dann kann ich noch einen Abendspaziergang im Park unternehmen. Ich werde Blümchen mitnehmen, damit ich mich beschützt fühlen kann."

„Nimm dir lieber noch einen anderen Schutz mit!" riet ihr Bernhard.

Sie grinste. „Das tue ich auch. Darauf kannst du dich verlassen."

***

Etwas später saß ich auf der Bank am Venusbrunnen und wählte Melanies Telefonnummer. Ich hatte Glück, sie war erreichbar und meldete sich erfreut, als sie meinen Namen hörte. „Wie schön, von dir zu hören! Ich nehme an, du bist wieder gut in Sankt Augustine angekommen?!"

„Ja, das bin ich. Ich wollte mich noch ganz herzlich für die besonderen Duft-Proben bedanken. Ich werde sicher sehr lange daran Freude haben. Es ist ja echtes Parfüm und kein Duftwasser. Du hast auch ganz spezielle bezaubernde Blütendüfte herausgesucht. Ich werde mich bestimmt zum Nachkauf noch bei dir melden. Aber jetzt rufe ich auch noch aus einem anderen Anlass an."

„Es geht bestimmt wieder um die ermordete Victoria", vermutete sie.

„Ja, leider", antwortete ich seufzend. „Hast du zufällig ein Foto von Norbert Winterlich?"

Einen Moment lang herrschte Stille, dann hörte ich ihre sonore Stimme: „Tut mir leid, liebe Abigail. Beatrice hat die beiden für das Praktikum eingestellt. Aber sie hat es leider versäumt, die Personalausweise zu kopieren. Daher haben wir nur die Adressen von den beiden. Die kann ich dir natürlich gern geben. Sind sie denn in irgendeiner Weise verdächtig oder möchtest du den Kontakt nur wegen des Parfüms aufnehmen?"

„Ach, es ist nichts Wichtiges", versuchte ich die Sache zu verharmlosen. „Wir sammeln einfach nur alle Bilder von den Personen, die Victoria in der letzten Zeit gesehen haben können."

„Das verstehe ich jetzt nicht ganz. Victoria ist hier in der Firma nicht mit den beiden zusammengetroffen. Sie haben in einem ganz anderen Bereich gearbeitet. Du musst wissen, dass wir hier verschiedene große Gebäudetrakte haben, die auch in unterschiedlichen Ortschaften liegen. Die Halle mit den Vorräten ist zum Beispiel wieder wo ganz anders als unser Labor. Und unsere Verkaufsräume befinden sich wieder an einem anderen Ort. Ich wüsste da wirklich keine Verbindung."

„Gut", sagte ich etwas enttäuscht, „dann werden wir uns vielleicht einmal an die Adresse der beiden wenden. Ich denke, sie wohnen irgendwo in Deutschland. Da müssen sie doch zu finden sein."

„Ich wünsche dir viel Glück bei deiner Suche, Abigail. Jetzt weiß ich gar nicht mehr, ob wir schon beim freundschaftlichen Du waren. Wenn nicht, dann entschuldige bitte meine Eigenmächtigkeit. Aber du hast einen großen Eindruck bei mir hinterlassen, deswegen dachte ich, wir beide hätten uns schon miteinander angefreundet."

„Es ist alles in Ordnung", beruhigte ich sie. „Mittlerweile habe ich mich auch schon sehr mit Beatrice angefreundet und werde euch mit Sicherheit wieder besuchen, wenn ich in Frankreich bin. Dann wünsche ich dir noch einen schönen Abend und eine gute Nacht."

Mit einem „Au Revoir" beendete ich das Telefonat und spazierte nachdenklich durch den Park. An einer Wegkreuzung entdeckte ich Will Holly und meine Nichte. Sie hatte sich bei ihm eingehakt und plauderte munter drauflos.

Ob er sich wohl an seinen Vorsatz halten würde? Bei seinem Gespräch mit Jérôme hatte er dem Franzosen zu verstehen gegeben, dass er Emily nicht an sich binden wollte. Sicherlich würde ihm das schwer fallen. Konnte ich ihm trauen?

In diesem Augenblick meldete sich mein Handy und ich entdeckte den Namen des Kommissars auf dem Display.

„Hallo Niklas! Was gibt's zu so später Stunde?" fragte ich in Anbetracht der Dunkelheit.

„Erschrick nicht, liebe Abigail! Aber es ist schon wieder etwas ganz Schreckliches geschehen."

Ich blieb stehen. „Oh nein! Das ist doch nicht möglich. Was ist denn passiert?"

„Die falsche Jennifer, also Helene Winterlich ist ermordet worden, wir vermuten, auch mit Gift."

„Wie fürchterlich!" rief ich aus. „Das ist ja ganz schlimm für alle Leute hier im Schloss! Was nun? Wissen schon alle Bescheid? Und wir stehen damit auch wieder ganz am Anfang. Dann müssen wir jetzt alles wieder neu überlegen."

„Alle wissen es noch nicht, Abigail. Wir untersuchen gerade noch den Tatort, und der ist Helenes Gästezimmer, in dem sie gewohnt hat.

Aber du hast Recht! Wir stehen wirklich wieder ganz am Anfang. Bevor Carla die Tote gefunden hat, die zuvor noch eine heiße Milch in der Küche bestellt hatte, habe ich nach dem Ehepaar Helene und Norbert Winterlich geforscht. Du wirst es nicht glauben, auch diese Namen sind gefälscht. Und somit werden wir auch nicht an den Namen des vermeintlichen Norbert Winterlich kommen."

„Ach du liebe Zeit! Was für ein Pech auch noch! Dann haben die beiden in Frankreich auch mit falschen Papieren gearbeitet. Und damit könnten wir annehmen, dass sie dort schon nichts Gutes vorhatten."

„Leider wissen wir auch gar nicht, ob die beiden wirklich verheiratet waren, liebe Abigail. Und somit kann dieser Mann auch jeder von unseren Gästen sein."

„Oder jemand vom Zirkus. Wer weiß! Und diese beiden Morde müssen auch nicht zwangsweise irgendetwas miteinander zu tun haben. Bei Victoria kann es immer noch ein Eifersuchtsmord gewesen sein, während sich jetzt Helene-Jennifers Mörder diese Tat zum Vorbild genommen haben kann. Was glaubst du denn jetzt, Niklas?"

Inzwischen war ich aus dem Park bis zur Terrasse gelaufen, von der mir der Kommissar entgegenkam. Wir beendeten das Telefongespräch und ich sah in sein besorgtes Gesicht.

„Wir haben wirklich nicht viel. Aber wir haben diese Pflanze. Ich habe ein Stück der Wurzel an die KTU weitergeleitet. Die haben es in ein Speziallabor weitergeleitet. Dann werden wir sicher mehr darüber wissen."

„Wie gut, dass Bernhard ein Gärtner ist und uns schon einmal ein bisschen aufklären konnte. Dadurch konnten wir doch einen kleinen Vorsprung erlangen. Habt ihr denn jetzt schon einige Personen aus dem Kreis etwas herausgenommen, bei denen sich die Verdachtsmomente erhärtet haben."

„Ja, wir konnten eine ganze Menge von Personen erst einmal in die zweite Reihe schieben. Und das sind alle diejenigen, die ein Alibi hatten, das bisher standgehalten hat. Wir haben jetzt nur noch sechs Personen, die zum engsten Kreis der Verdächtigen gehören, weil ihr Alibi nicht nachprüfbar ist. Aus dem Zirkusteam sind das der Zirkusdirektor selbst, der Clown Pirelli und die Tänzerin Elli, und bei den Gästen bleiben ebenfalls nur noch drei übrig. Das sind Jérôme, Max und Will. Natürlich gehörte auch die falsche Jennifer dazu. Sie hätte auch Gelegenheit gehabt, Victoria umzubringen, aber nun ist sie selber zum Opfer geworden."

„Das alles ist sehr schrecklich, besonders für Adelaide und Moro Rossini. Um sie herum geschehen so viele böse Taten. Ob sie sich dann hier weiterhin noch wohlfühlen werden? Vielleicht haben sie dann doch den Wunsch, von hier fortzugehen, vielleicht in Moros Heimatland und möglicherweise dorthin, wo sie sich kennen gelernt haben, in das bezaubernde Mühlwald."

Niklas schüttelte den Kopf. „Das glaube ich nicht, Abigail. In Italien gibt es mindestens genauso viele Verbrechen wie hier. Denk doch nur einmal an die Mafia! Und ich glaube auch nicht, dass irgendjemand etwas gegen dieses liebe ältere Ehepaar hat. Ich denke, hier sind sie doch geschützt mit all den netten Kunststudenten um sie herum, von denen sie verehrt und geliebt werden. Auch Bernhard, der Gärtner und Carla, die Haushälterin, achten auf das Wohl der beiden alten Leutchen. Passieren kann überall etwas, und das war ja nun auch infolge dieses besonderen Events."

„Ja, du hast Recht", gab ich zu. „Im Normalfall ist hier im Schloss auch alles in Ordnung. Da passiert hier immer nur etwas, wenn hier ganz viele fremde Leute zusammenkommen zu irgendwelchen Events. Da sind dann eben allerlei verschiedene Menschen hier, die guten, aber auch die kriminellen."

Er lächelte mich an. „Und wir beide sorgen dafür, dass hier alles wieder friedlich wird und die Anwohner hier in Ruhe leben können. Wo ist Emily? Könnt ihr beide euch jetzt gemeinsam etwas trösten?"

„Ich habe sie eben mit Will im Park gesehen, sie gingen dort spazieren. Und somit wäre ja Will nicht mehr verdächtig, denn ich kann sein Alibi bestätigen", freute ich mich.

Niklas machte ein bedenkliches Gesicht. „Leider hat er damit immer noch kein Alibi. Wir haben noch nicht feststellen können, was die genaue Todesursache ist. Falls es wieder das gleiche Schlafmittel ist wie bei Victoria, so kann es ihr jemand auch schon vor einiger Zeit verabreicht haben. Sind die beiden denn so verliebt ineinander, Will und Emily?"

Ich seufzte. „Ja, obwohl mir das auch gar nicht recht ist. Nicht einmal wegen des großen Altersunterschiedes, das kommt ja öfters vor. Wie zum Beispiel auch bei dem Tierarzt Clemens und der Studenten Maria, nein, weil Emily wirklich noch so jung ist und noch nicht viel Erfahrung gesammelt hat. Selbst Will ist der Meinung, dass er sie noch nicht an sich binden darf, das habe ich bei einem Gespräch zufällig mitbekommen."

Seine Augen weiteten sich. „Und das findest du richtig?"

„Ach, ich weiß nicht recht. Es ist vielleicht nur die ganze Situation jetzt hier. Der Mordfall, und die verdächtigen Gäste. Da weiß man doch nicht, wem man trauen soll. Das geht schon an die Nerven. Stell dir nur vor, wenn sie sich in einen Mörder verliebt."

„Auch so etwas gibt es, Abigail. Und man kann niemanden von der Liebe schützen. Wir können tatsächlich gar nichts anderes tun, als abwarten, wie sich der Fall am Ende löst."

Aus dem Park näherten sich uns Will Holly und Emily. Meine Nichte strahlte, das konnte ich im schwachen Licht der Terrassenbeleuchtung immer noch gut erkennen, und in Wills Gesicht entdeckte ich eine Spur von Traurigkeit.

„Dann wollen wir mal unsere Arbeit verrichten", entschied Niklas und wandte sich an den Engländer. „Es gibt eine Neuigkeit, die ich auch mit Ihnen zu besprechen habe. Am besten kommen Sie einmal mit mir in Rossinis Büro, dort können wir in Ruhe reden."

Ich nahm Emily in den Arm. „Komm, Süße! Wir trinken jetzt in der Küche eine schöne Tasse heiße Schokolade."   ***

Nach meinem Bericht war Emily genauso erschüttert wie ich, und wir fanden in der Küche Adelaide und Carla, die sich gerade einen Beruhigungstee zubereitet hatten, um die neuen schrecklichen Ereignisse mit etwas Ruhe ein wenig verarbeiten zu können.

„Dürfen wir uns eine heiße Schokolade zubereiten?" wandte ich mich an die Schlossherrin.

„Kommt nur herein und setzt euch zu uns!" forderte sie uns auf. „Das ist wirklich alles sehr schlimm, und ich bin froh, dass Moro schon schläft. Das wäre für ihn heute Abend viel zu aufregend. Wir müssen es ihm morgen ganz schonend beibringen, damit sein Herz nicht zu sehr aufgeregt wird. Wir können es noch gar nicht fassen, diese schlimmen Ereignisse. Wir hatten angenommen, dass sich diese Tat nur auf die Zirkusleute bezieht. Wir dachten, es sei eine Eifersuchtstat gewesen. Aber nun ist sogar ein

Gast das Opfer geworden. Da hat man nun wirklich Angst, dass alle Schlossbewohner in Gefahr sind."

„Niklas hat uns schon gesagt, was wir in der Küche benutzen dürfen und was nicht", erklärte uns Carla. „Alles was fest verschlossen ist, dürfen wir öffnen und verzehren, bis uns die Polizei für alles weitere grünes Licht gibt. Allerdings vermuten sie schon anhand einiger Merkmale, dass Jennifer mit dem gleichen Gift getötet wurde wie Victoria."

„Niklas, sein Team und ich, wir haben inzwischen aber doch schon ein paar Anhaltspunkte, dass die beiden Morde eine Verbindung zueinander haben", berichtete ich den beiden Frauen, um sie zu beruhigen. „Ich weiß, dass ihr nicht darüber sprecht, und deswegen sage ich euch auch, dass die beiden eine Verbindung zueinander hatten."

Ich erzählte Adelaide und Carla alles über die falsche Jennifer und ihre Verbindung zu Victoria, der Parfümfabrik und der Familie von Tiagoberg in Valdagno.

Beide Frauen staunten, und am Ende meines Berichts schienen sie ein wenig beruhigter zu sein.

„Was für Verwicklungen!" fand die Schlossherrin. „Aber letztendlich wurde doch dieser geheimnisvolle Koffer noch gar nicht gefunden. Mit der Pflanze kann es doch eine ganz andere Bewandtnis haben. Das alles ist doch immer noch sehr verworren, zu viele Unbekannte für meinen Geschmack. Es ist schon merkwürdig, dass Blümchen dieses Gepäckstück nicht gefunden hat. Vielleicht gab es ihn doch nicht, diesen Koffer, er müsste doch sonst irgendwo sein."

Ich überlegte. „Das Schloss ist groß mit all seinen Geheimverstecken. Und der Park leider auch. Da wird Blümchen noch eine ganze Zeit zu tun haben. Vor allen Dingen habe ich gehört, dass sie oft immer hin und her gelaufen ist. Möglicherweise hat man auch manche Spuren inzwischen unterbrochen. Ich werde mir das morgen auch noch einmal anschauen."

Carla sah auf die Uhr. „Morgen? Nein, es ist doch schon Mitternacht vorbei. Und ich weiß überhaupt nicht, ob wir heute noch in den Schlaf finden können, nach diesen vielen Aufregungen."

„Wir müssen es versuchen", versuchte uns Adelaide zu motivieren. „Der Kommissar hat uns versprochen, dass er heute Nacht das Wachpersonal patrouillieren lässt, damit wir ein wenig Ruhe finden können. Bei mir ist das etwas besser, ihr Lieben. Seit wir eine Patentlösung gefunden haben, mein Bett an Moros Krankenbett heranzuschieben, hält er nachts immer meine Hand, mindestens, bis wir eingeschlafen sind. Das beruhigt uns beide."

Wir blieben noch eine Weile in der Küche sprachen über die neue Situation, die alle in Schrecken versetzt hatte. Erst weit nach Mitternacht erschien Bernhard und überredete seine Freundin Carla, ihm in die gemeinsame Dachwohnung zu folgen, um sich dort ein wenig auszuruhen.

Das sah auch Adelaide als Zeichen zum Aufbruch und teilte uns mit, dass sie jetzt zu Moro in das gemeinsame Schlafzimmer gehe, und wünschte auch Emily und mir den Umständen entsprechend eine gute Nacht.

Oben angekommen benötigten wir doch noch eine ganze Weile, bis uns die Müdigkeit so weit überfiel, dass es sich lohnte, das Bett aufzusuchen.

„Ermanno ist ja noch nicht hier", erinnerte mich Emily. „Dann darf ich doch zu dir in euer Doppelbett kommen?!"

„Natürlich. Das Bett ist groß genug für uns Zwei, Ermanno ist noch Italien, das kann auch noch ein paar Tage dauern, bis er wieder hier ist."

Meine Nichte kuschelte sich neben mich. „Das ist eine komische Zeit. Die schrecklichen und die schönen Dinge geschehen gleichzeitig. Victoria und Jennifer, beide leben nicht mehr. Und ich bin so verliebt. Ich weiß es genau, Will ist mein Traummann, die große Liebe meines Lebens."

„Vielleicht träumst du ja von ihm", versuchte ich sie zu beruhigen.

„Glaub mir, wenn aus uns beiden kein Paar wird, werde ich auch sterben, an gebrochenem Herzen."

Ich legte den Arm um sie. „Er ist jetzt ein Kapitel deines Lebens", versuchte ich sie zu trösten. „Und in diesem Buch wirst du bestimmt noch viele schöne Kapitel finden."

Emily dreht den Kopf zur Seite, ich spürte, dass sie der Schlaf umarmte. „Und er soll in jedem Kapitel wichtig sein", murmelte sie kaum hörbar. Sie seufzte ganz leicht, kurz danach erkannte ich an ihrem gleichmäßigen ruhigen Atmen, dass sie eingeschlafen war.

Bevor ich mich ebenfalls in einen traumlosen Schlaf begab, schrieb ich Ermanno in einer Kurzfassung die neuesten Ereignisse und hoffte, ihn dadurch nicht zu wecken.

Doch kurz darauf erhielt ich eine Antwort von ihm, knapp, aber sehr deutlich: „Es wird Zeit, dass ich wieder nach Hause komme, Amore."

Am anderen Morgen versammelten wir uns alle in der Schlossküche und schienen jetzt erst die Ereignisse des gestrigen Tages langsam zu begreifen. Eine Ratlosigkeit schien sich unter den Anwesenden breit zu machen, bis uns der Kommissar aufsuchte und uns mitteilte, in welchen Räumen des Schlosses und in welchem Teil des Gartens wir uns aufhalten durften.

Während Emily noch neben Will frühstückte, begab ich mich zu Niklas und folgte ihm in die Empfangshalle.

„Jennifer ist an dem gleichen Schlafmittel gestorben wie Victoria", teilte er mir mit. „Da handelt es sich aller Wahrscheinlichkeit nach um denselben Täter."

„Es kann jetzt alles nicht so weitergehen", fand ich und lächelte ihn zuversichtlich an. „Ich habe eine Idee, wie wir weiterkommen können."

„Ich hoffe, es ist nichts Verrücktes", dämpfte er meinen Enthusiasmus. „Und hoffentlich ist es nichts Gefährliches."

„Wenn du mich mit Ben unterstützt, dann kann eigentlich nichts passieren", teilte ich ihm meine Hoffnung mit. „Mein Plan könnte aufgehen."

„Na gut! Dann verrate mir einmal, was du dir ausgedacht hast!"

„Ich gehe jetzt einmal davon aus, dass die Tänzerin nicht aus Eifersucht umgebracht wurde. Nehmen wir einmal an, es ging wirklich um diese Pflanze, den Engelwurz. Ich gehe davon aus, dass ihn Victoria aus Frankreich in dem Koffer mitbrachte. Was auch immer sie damit wollte, für sie war er wertvoll. Irgendjemand wollte ihn haben und hat sich dann mit ihr am Brunnen getroffen, um die Pflanze zu kaufen. Sie aber ist vermutlich nur mit dem leeren Koffer dorthin gegangen, weil sie die Pflanze wohlweislich vorher im Gewächshaus versteckt hat.

Der Käufer wollte allerdings vermutlich kein Geld bezahlen, verabreichte ihr das Gift und entfernte sich mit dem Koffer, von dem er aber später feststellen musste, dass er leer war.

Nun ist er noch nicht am Ziel, weil er die Pflanze noch nicht hat. Was für eine Rolle Jennifer dabei spielt, weiß ich nicht. Vielleicht wusste sie auch aus irgendeinem Grund zu viel über die ganze Angelegenheit, möglicherweise hatte sie den Mörder zufällig entlarvt. Aber das ist jetzt auch nicht so wichtig bei meinem Plan."

„Und wie lautet dein Plan?" erkundigte er sich, nicht sonderlich überzeugt.

„Ich werde nach und nach zu allen Verdächtigen gehen und ihnen eine Falle stellen."

Er seufzte. „Also doch etwas Gefährliches! An was hattest du gedacht?"

„Ich fange bei Jérôme an und sage ihm, dass ich im Gewächshaus eine besondere Pflanze entdeckt habe. Dort warte ich dann, und ihr, du und ein weiterer Kommissar oder du und Ben, seid da, natürlich auch hinter einigen großen Pflanzen versteckt.

Aber ich werde auch die Pflanze erst ein bisschen verstecken und den Täter in ein Gespräch locken und will ihn dann zu einem Geständnis verführen. Ich will ihm auf den Kopf zusagen, dass er den Mord begangen hat. Wenn er nicht der Mörder ist, und auch von dieser Pflanze nichts weiß, dann wird er auch nicht in das Gewächshaus kommen, und dann weiß ich, dass er damit nichts zu tun hat. So werde ich hintereinander alle Verdächtigen in das Gewächshaus locken. Das müsste doch funktionieren."

„Das nimmt unheimlich viel Zeit in Anspruch", vermutete er. „Am hellen Tag wird sich da wohl kein Täter hintrauen. Dann hast du bis morgen Nacht erst eine Person dorthin gelockt. Wir könnten es allen Verdächtigen gemeinsam mitteilen. Es wird ja nur einer der Täter sein, der dann auch dorthin geht. Die anderen können mit der Information, dass es dort eine seltene Pflanze gibt, bestimmt nichts anfangen. Aber wie willst du vom Täter ein Geständnis bekommen?"

„Derjenige, der die Pflanze unbedingt haben will, für den ist sie viel wert. Dem werde ich auf den Kopf zu sagen, dass er der Mörder ist, und dass ich ihn bei der Polizei verraten werde. Aber das klappt nur, wenn ich es jedem heimlich und einzeln sage. Der Mörder muss ja denken, dass die Polizei noch nichts davon weiß, sondern, dass ich die einzige bin, die diese Pflanze entdeckt hat. Sonst traut er sich nicht in das Gewächshaus, wenn er befürchten muss, dass man ihn dort erwischt."

„Und schon hat die Sache damit einen Haken. Aber du könntest vielleicht jedem, der aus der Schlossküche herauskommt, einen kleinen Zettel in die Hand drücken, auf dem die Information steht: „Ich weiß etwas: der Engelwurz. Im Gewächshaus an der hinteren Mauer."

Ich schüttelte den Kopf. „Nein das geht auch nicht. Dann kommen vielleicht alle aus Neugier. Dann können wir den Täter nicht entlarven, nicht von den anderen unterscheiden. Was hältst du denn davon? Ich gehe gleich noch einmal in die Küche und frage, ob sich einer mit der Pflanze Engelwurz auskennt. Dann beobachte ich, wie sich die Verdächtigen verhalten. Aber ich verrate nicht, wo er ist, und selbstverständlich auch nichts von meinen Vermutungen. Dann gehe ich draußen im Park spazieren und setze mich dort auf eine Bank. Der Täter wird mir folgen und mich ansprechen. Auf diese Art und Weise haben wir hier im Schloss schon einmal einen Täter gefasst."

Er sah mich zweifelnd an. „Das kann gut gehen, kann aber auch schief gehen. Wenn der Täter schlau ist, wird er sich nicht sofort mit dir in Verbindung setzen, sondern erst mal abwarten und dann später dir irgendwo auflauern, oder dich irgendwohin verfolgen, wo es einsam ist."

„Das ist doch kein Problem", fand ich. „Wir können es doch mal versuchen."

Niklas erhielt einen Anruf und trat beiseite. Er wechselte ein paar Worte mit dem Anrufer und teilte mir mit: „Meine Leute haben den Koffer gefunden. Er befand sich auf dem Dach des Pavillons, und zwar versteckt oben im Kamin. Nun ist er in der KTU, und wenn wir auch nicht an Fingerabdrücke glauben, so hoffen wir doch wenigstens mikroskopisch kleine Spuren zu finden. Auf jeden Fall war er leer, insofern könnte deine Theorie mit der Pflanze stimmen. Ich habe meinem Kollegen sofort gesagt, sie möchten ihn nach Spuren dieses Engelwurzes untersuchen. Lass uns also dieses Ergebnis noch abwarten!"

Ich war nicht begeistert. „Hm, das nächste gemeinsame Essen ist erst gegen Mittag. Da serviert Carla allen eine Suppe. Und ich weiß nicht einmal, ob alle dazu Lust haben. Wir verlieren wertvolle Zeit. Sollten wir nicht lieber das Risiko eingehen und die Falle schon einmal stellen?"

Der Kommissar ließ sich nicht überreden, und so musste ich mich noch gedulden. Kurz vor Mittag erhielt Niklas ein Ergebnis, das er mir umgehend mitteilte.

„Man hat einen winzigen Rest von Papier gefunden, in dem eine Pflanze eingewickelt war. Allerdings konnte man bisher noch nicht den Pflanzentyp genauestens identifizieren. Offensichtlich handelte es sich tatsächlich um eine Sonderzüchtung."

„Wunderbar!" freute ich mich. „Dann können wir jetzt unseren Plan verwirklichen. Sie werden sich gleich alle zum Mittagessen versammeln."

In diesem Moment kam der Polizist Ben auf uns zu. „Es gibt Neuigkeiten", teilte er uns aufgeregt mit.

„Was denn?" erkundigte sich Niklas knapp.

„Dieser Max Kant ist verschwunden. Wir haben alles nach ihm abgesucht, auch sein Gepäck ist nicht mehr da, das Gästezimmer ist völlig leer."

„Hattet ihr seinen Ausweis kontrolliert?" fragte der Kommissar.

Der Polizist nickte. „Ja, das haben wir. Und das ist sein echter Name. Er ist auch schon polizeilich bekannt. Und zwar wegen einiger

Rauschgiftdelikte. Da war er allerdings noch viel jünger, und seitdem ist er nicht mehr aufgefallen. Die Fahndung nach ihm ist schon raus, dein Kollege hat sie eben in Auftrag gegeben."

Der Kommissar nickte. „Das ist gut. Der Verdacht gegen ihn erhärtet sich. Und die anderen? Ist da alles noch in Ordnung?"

„Ja, die anderen Gäste sind alle noch da und wissen auch noch nichts von seinem Verschwinden."

„Er hat doch immer so harmlos getan", wunderte ich mich. „Und er hatte doch auch gar keine Beziehung zu Frankreich, und keine zu Grasse. Was habe ich denn da übersehen?"

Niklas schaltete schnell. „Möglicherweise war er der Partner von der falschen Jennifer. Vielleicht war er der Mann, der sich in Frankreich als Norbert Winterlich ausgegeben hat. Willst du noch einmal nach Grasse fliegen,

Abigail? Du könntest mit dieser Melanie von Breitenstein sprechen, und etwas über diesen Max Kant, alias Norbert Winterlich herausfinden. Ein Foto von ihm kannst du auch mitnehmen, denn wir haben seinen Personalausweis mit dem Namen."

Ich wandte mich an Ben. „Und was ist jetzt mit der Pflanze? Ist sie noch da? Oder hat dieser Max sie mitgenommen?"

„Diese komische Pflanze ist noch da", wusste der Polizist. „Also diesem Herrn Kant hätte ich das wirklich nicht zugetraut, dass er ein Verbrecher und möglicherweise sogar ein zweifacher Mörder ist."

Ich nickte. „Ein Wolf im Schafspelz. Aber an ihn hatte ich dabei auch nicht gedacht. Also Niklas, wann soll ich los? Ich werde mir von Melanie alles sagen lassen. Die wird vielleicht erschrecken, wenn sie hört, dass Helene Winterlich tot ist. Sie hat schließlich mit den beiden gearbeitet, mehrere Wochen lang. Da wird sie einiges über die beiden erzählen können. Und natürlich werde ich sie auch über die Pflanze ausfragen."

„Ich werde dir sofort einen Flug buchen und dich auch bei Beatrice ankündigen", versprach er mir. „Aber ich bin froh, dass wir deinen Plan mit dieser Falle nicht ausführen müssen. Es schien mir doch etwas zu gefährlich für dich, liebe Abigail. Ermanno würde bestimmt ganz schön mit mir schimpfen."

„Bist du auch fit genug, Abigail?" fragte Ben. „Ihr habt doch bestimmt heute Nacht auch kaum geschlafen."

„Halb so schlimm", beruhigte ich ihn. „Ich werde mich im Flugzeug und auf der Fahrt etwas ausruhen. Bekomme ich ein Taxi oder fährt mich die Polizei zum Flughafen?"

„Jasmin wird dich fahren", versprach mir der Kommissar. „Und gleich bist du wieder in deinem geliebten Frankreich."

***

Dass Emily nicht mitfliegen wollte, hatte ich geahnt. Ich war mir ganz sicher, dass sie insgeheim immer noch auf ein Liebesgeständnis von Will hoffte. Keiner von uns wusste, wie viele gemeinsame Tage ihnen noch in Sankt Augustine geschenkt wurden. Wenn der Fall gelöst war, gab es sicherlich für den Auktionator keinen Grund mehr, im Schloss zu bleiben. Vermutlich vermisste man ihn in England bereits schon. Aber ich hoffte inständig, dass er mit diesen Morden nichts zu tun hatte, damit Emily wenigstens in dieser Hinsicht nicht enttäuscht wurde.

Ich hatte vorgehabt, mich während des Fluges auszuruhen, aber meine Gedanken flogen schon voraus und beschäftigten sich mit den möglichen Recherchen.

Während rund um Augustine herum die Suche nach Max Kant lief, hatte der Kommissar bereits mit Melanie Kontakt aufgenommen und ihr das Foto des Gesuchten weitergeleitet.

Als ich am Flughafen in Nizza angekommen war, hatte mir Niklas bereits eine aufschlussreiche Nachricht geschickt. Melanie hatte diesen Max Kant tatsächlich als Norbert Winterlich identifiziert und erwartete mich sehnlichst.

Sie hatte nicht, wie ursprünglich geplant, ihren Chauffeur zum Abholen geschickt, sondern war selbst zum Flughafen gekommen und eilte mir entgegen.

Ihre frühere Reserviertheit war wie abgefallen. „Ich bin so froh, dass du persönlich gekommen bist, Abigail! Ich glaube, so können wir einen großen Skandal vermeiden, der dem Ruf unserer Firma sicherlich sehr geschadet hätte."

„Was hast du nun vor?" erkundigte ich mich.

„Ich denke, wir fahren jetzt in die Firma und besprechen alles Weitere. Dann kannst du mir alles genau erzählen, was da so passiert ist, und um was es da in Sankt Augustine wirklich ging. Der nette Kommissar Niklas Meyers hat mir schon einiges berichtet, von dem, was für mich wichtig ist. Ich kann es gar nicht glauben, dass Helene tot ist. Sie war eigentlich eine sehr nette Frau, und ich habe ihr vertraut. Und ihr angeblicher Mann, der sich hier Norbert Winterlich nannte, hatte vermutlich alle Fäden in der Hand. Sie haben mich hier wohl sehr ausgenutzt, und vermutlich auf meine Kosten einige Forschungen betrieben, die sie nicht für legale Zwecke nutzten."

Ich stieg in ihr Auto, und Melanie lenkte den Wagen vom Flughafengelände weg. Die südliche Sonne empfing mich mit ihrem hellen, warmen Licht. Ein Wetter, wie gemacht für einen Urlaub, aber meine Gedanken fanden schnell wieder zu Max Kant zurück.

„Wo haben die beiden denn geforscht, Melanie? Bei euch in der Firma? Im Labor unter Aufsicht?"

Sie schüttelte leicht den Kopf. „Ja, tagsüber schon, in der Woche von morgens bis abends. Aber für das Wochenende und die restliche Zeit hatte ich ihnen unsere ehemalige Anlage zur Verfügung gestellt. Das sind ein paar alte Gewächshäuser mit kleinen angrenzenden Gärten, die wir demnächst wieder einmal eingliedern wollten. Dort haben sich die beiden dann in ihrer freien Zeit aufgehalten."

„Dann fahr bitte zuerst einmal dorthin!" bat ich Melanie. „Max ist auf der Flucht. Er könnte dorthin wollen. Denn möglicherweise steht dort noch mehr von der neuen Züchtung des Engelwurzes."

„Ich kann das Ganze noch nicht glauben". Melanie rollte die Augen. „Von diesem Kraut hatte ich noch nie etwas gehört, und ich kenne mich wirklich aus mit Pflanzen und Kräutern. Im Labor haben sie beide mit Küchenkräutern experimentiert, und zwar auf meine Anweisung hin. Aber diese seltsame Pflanze ist mir dort nicht begegnet."

„Das kann ich mir gut vorstellen. Diese vielseitige Pflanze birgt wirklich auch sehr vielseitige Verwendungsmöglichkeiten. Und glaube mir, jemand der einen anderen umbringt, der möchte daraus bestimmt keinen Heiltee entwickeln."

Melanie nickte. „Ja, da kann man schon andere Dinge vermuten. Nachdem mir der Kommissar davon berichtet hat, habe ich mir dieses Kraut einmal im Internet angeschaut. Es ist wirklich ein Tausendsassa-Kraut. Und wenn man da noch ein bisschen daran herumzüchtet, kann man wirklich besondere Essenzen daraus gewinnen."

„Und ich kann mir gut vorstellen, dass er jetzt auf dem Weg hierher ist, um hier noch ein bisschen zu ernten. Mit dem Flugzeug konnte er nicht fliegen, weil die Fahndung nach ihm bereits läuft. Ich könnte mir vorstellen, dass er per Anhalter auf dem Weg ist. Dann hätten wir noch etwas Zeit, die Gewächshäuser zu inspizieren."

„Welche Rolle spielte aber Victoria?" überlegte Melanie. „Hatte sie von all dem keine Ahnung und ist unschuldig in die Sache hineingeraten? Oder hat sie mit den beiden gemeinsame Sache gemacht?"

„Darüber spekulieren wir noch, haben aber in Wirklichkeit nicht die geringste Ahnung. Vermutlich wird uns erst Max etwas darüber sagen können. Sie hatte zwar erwähnt, dass sie bald zu Geld kommen würde, aber das muss noch nicht heißen, dass sie diese Pflanze zur Drogengewinnung nutzen wollte. Vielleicht wollte sie ein kosmetisches Produkt oder etwas für die Homöopathie entwickeln."

„Was ich nicht verstehe ist, und da sehe ich überhaupt keinen logischen Sinn dahinter, das ist, warum hat sie diese Pflanze denn erst von Helene oder Norbert bekommen, wenn genau diese beiden ihr diese Pflanze wieder abnehmen wollten."

„Das verstehe ich auch noch nicht. Ich kann mir das nur ein bisschen so zusammenreimen: vielleicht haben die beiden ihr eine Zusammenarbeit angeboten, die aber Victoria später nicht mehr geschmeckt hat. Vielleicht hatte sie nicht geahnt, dass die angeblichen Winterlichs kriminell waren und wollte sich dann aus ihren Machenschaften herausziehen."

Wir waren an einem großen umzäunten Garten angekommen. Ich riet ihr, den Wagen abseits zu parken, damit niemand unsere Anwesenheit erahnen konnte. Etwa fünf Minuten lang spazierten wir an bunten Blumenfeldern vorbei, bis wir an den Eingang gelangten.

Melanie beförderte ein Schlüsselbund aus ihrer großen Handtasche und öffnete das Tor. Wir spazierten einen langen Weg entlang, den links und rechts Felder mit verschiedenen Kräutern säumten. Den Engelwurz entdeckte ich jedoch nirgends.

An Melanies Schlüsselbund befand sich auch der Hauptschlüssel zum Gewächshaus, problemlos öffnete sie die Tür. Dort entdeckte ich eine ganze Reihe von verschiedenen Züchtungen der Pflanze Engelwurz, die meine Begleiterin staunend betrachtete.

„Tatsächlich! Da haben ganz schön herumexperimentiert. Teilweise sind die Blätter und Blüten winzig klein gehalten, damit die ganze Kraft in den Wurzeln bleibt. Erstaunlich, und ich sehe auch, dass die Erde verschiede

Substanzen erhält, die man sicherlich noch untersuchen muss."

„Die Süßigkeiten werden aus den Stielen dieser Pflanze zubereitet", teilte ich Melanie mit.

„Dann können wir schon einmal davon ausgehen, dass es die Winterlichs nicht auf Süßigkeiten abgesehen hatten."

„Sie werden die ätherischen Öle gefördert haben, vermutlich auch die Bitterstoffe, das wird für die medizinische Forschung sehr interessant sein. Aber dass man in diesem Zusammenhang Menschen umbringt, das kann ich nicht verstehen. Es gibt doch so viele Drogen die leicht herzustellen sind, auch synthetische. Was könnte mit dieser Pflanze sein, dass sie so viel mehr bietet?"

Ich zog die Augenbrauen hoch. „Da habe ich leider gar keine Ahnung. Aber ich denke diese Pflanzen werden sicher alle beschlagnahmt werden. Willst du schon einmal die Polizei rufen?"

Melanie nickte und telefonierte mit einem Kommissar, den sie offenbar schon kannte.

„Er hat mir schon einmal bei einem Einbruch geholfen", teilte sie mir mit, nachdem sie das Gespräch beendet hatte. „Und jetzt hat er mir versprochen, mit seinem Kollegen gleich einmal hier vorbeizukommen."

Wir entdeckten draußen einen Schatten, und ich hatte die Befürchtung, dass sich dieses Wesen bald in Max verwandeln würde.

„Da ist er schon", bedauerte ich sein frühes Ankommen. Ich hatte gehofft, dass wir noch etwas Zeit haben."

Melanie sah mich ratlos an. „Was sollen wir tun?"

„Versteck dich im Geräteschrank dort drüben. Ich werde ihn aufhalten, bis die Polizei kommt."

Sie sah mich ängstlich an. „Aber wenn dir etwas passiert?! Er ist doch gewalttätig."

„Dann kannst du mir für den Notfall immer noch helfen. Dann rufe ich dich."

Einen winzigen Augenblick lang fragte ich mich, ob ich Melanie eigentlich trauen konnte. War sie nicht früher immer sehr distanziert gewesen und jetzt plötzlich so freundlich und besorgt? Machte sie vielleicht mit den Winterlichs gemeinsame Sache und würde mich jetzt mit ihrem Komplizen Max verschwinden lassen?"

Es gab keine Zeit mehr, etwas Genaueres herauszufinden, und so beschäftigte ich mich mit einer Efeupflanze, die in einer Ecke lebte. Was nun? Hatte der Schattenmann mich von draußen gesehen? Würde er hereinkommen? Ich bewegte mich deutlich hin und her, um seine Aufmerksamkeit zu erregen.

Ein dumpfes Gefühl machte sich bei mir in der Magengegend breit und versuchte, mich mit Angst zu blockieren. Aber eine Stimme in mir sagte, dass mir jetzt nur der Kopf helfen konnte. Und so hielt ich einen Augenblick den Atem an, bis sich die Tür öffnete. Danach atmete ich hörbar aus.

Max kam auf mich zu. „Hast du mich schon erwartet, Abigail?"

„Ich habe jedenfalls viel an dich gedacht", antwortete ich ruhig.

„Dann kannst du dir bestimmt auch denken, dass ich dich jetzt hier nicht so einfach wieder herausgeben lasse."

Jetzt fasste ich all meinen Mut zusammen. „Willst du mir auch ein Schlafmittel geben wie Victoria und deiner Frau Jennifer-Helene?"

Er grinste und seine Augen blitzten dabei bösartig. „Aha! Du hast schon gut recherchiert."

„Alles weiß ich noch nicht, Max. Warum mussten diese beiden Frauen sterben? Wollten sie nicht so wie du? Wolltest du allein zu Geld kommen? Oder wussten sie zu viel?"

„Wir haben Victoria in dem Mini-Zirkus kennengelernt. Uschi, so hieß Helene in Wirklichkeit wollte unbedingt ein Autogramm von ihr. Natürlich habe ich ihr abgeraten, weil es nicht gut ist, hier zu viele Leute zu kennen. Als sie dann mit ihr ins Gespräch kam, stellte sich heraus, dass sie auch für die gleiche Firma arbeitete wie wir, nur eben bei der anderen Chefin. Victoria war sehr neugierig und wollte etwas über unsere Arbeit erfahren. Da hat ihr Uschi allerdings nur von unserer Arbeit im Labor bei Melanie erzählt. Aber Victoria hatte ihren eigenen Kopf, sie suchte eine bestimmte Pflanze mit Bitterstoffen für eine neue Parfüm-Kreation. Ihre Chefin hatte ihr leider verraten, dass wir hier noch auf eigenen Feldern experimentierten und sogar ein eigenes Gewächshaus bewirtschafteten. An einem Wochenende stand sie dann plötzlich hier. Wir wissen bis heute nicht, wie sie hereingekommen ist. Möglicherweise ist sie über den Zaun geklettert, denn als Zirkusakrobaten war sie ja sehr gelenkig."

Ich nickte. „Ja, das kann man nur vermuten. Und dann?"

„Dann hat sie den großen Bärenklau entdeckt und den Engelwurz und hat sich sofort entschieden, ebenfalls mit dieser Pflanze zu experimentieren. Wir haben ihr dann auch weisgemacht, dass wir mit den Bitterstoffen experimentieren, die man für Liköre braucht. Sie wusste nicht, dass wir mit unserer Züchtung die Superdroge entdeckt haben. Das mit den Likören hat sie uns auch eine ganze Weile geglaubt. Sie konnte übrigens Uschi ganz schön um den Finger wickeln und hat ihr dann schließlich auch eine Pflanze abgeluxt, die sie dann mit nach Deutschland nehmen wollte. Aber Uschi hat ihr leider ein Exemplar gegeben, dass schon viele ätherische Öle für Drogen in der Wurzel beinhaltete."

„Ja gut, aber Victoria wusste noch nichts von den Drogen. Vielleicht wäre es ihr ja auch nicht weiter aufgefallen."

„Das hatten wir auch zuerst gehofft. Aber dann hat sie sich näher mit den Bestandteilen dieser Pflanze auseinandergesetzt, hat sich schlau gemacht, im Internet und durch ein Buch. Uschi wollte dann die Pflanze mit ihr tauschen, aber das hat Victoria erst richtig hellhörig gemacht, und so ahnte sie, dass sie ein besonderes Exemplar besaß. Inzwischen kam diese Frau von Tiagoberg nach Grasse und hat sich mit Victoria getroffen. Da haben wir sie natürlich auf Schritt und Tritt beschattet, weil wir diese Begegnung für unsere Zwecke ausnutzen wollten."

„Das hat ja dann auch geklappt", bemerkte ich.

„Richtig, und so beschlossen wir, Victoria erst einmal nachzureisen, sie im Auge zu behalten. Da sie aber diese Pflanze durchaus nicht tauschen wollte, beschlossen wir, sie ihr für viel Geld abzukaufen, und die Tänzerin ging auf diesen Handel ein."

„Das Geld wolltet ihr aber nicht bezahlen, nicht wahr?" sagte ich ihm auf den Kopf zu.

„Richtig. Ich jedenfalls nicht, Uschi schon. Sie war da viel zu labil. So habe ich dann einen Treffpunkt mit Victoria am Brunnen vereinbart und habe dort erfahren, dass Victoria inzwischen wusste, warum wir mit der Pflanze experimentierten. Sie hat es uns auf den Kopf zugesagt, dass es um Drogen ging. Natürlich wollte sie auch der Polizei Bescheid geben und ich hatte wohlweislich das Schlafmittel mitgenommen und habe es ihr dann auch dort verabreicht."

„Aber dann hattest du Pech: Der Koffer war leer."

„Genau. Ich war sehr wütend. Besonders weil ich nun Victoria nicht mehr fragen konnte, wo sich die Pflanze befand."

„Den Koffer hast du auf dem Pavillondach entsorgt, nicht wahr?"

„Richtig. Und ich habe viele Spuren verwischt. Ich besitze nämlich auch ein Pflanzenextrakt, dass die Hundenasen irritiert, das habe ich überall verstreut, sodass dieser dämliche Hund die Spuren nicht gänzlich verfolgen konnte."

„Blümchen ist gar nicht dämlich. Wahrscheinlich hat er sogar meine Nichte Emily zu der Pflanze geführt, die du so intensiv gesucht hast. Und warum musste Jennifer sterben? Ich meine, diese Uschi?"

„Sie fand es nicht gut, was mit Victoria geschehen ist. Sie wollte tatsächlich zur Polizei gehen und ein Geständnis ablegen. Da habe ich sie dann auch zu einem Gläschen Wasser eingeladen. Das war dann leider die Zeit für mich, zu verschwinden, auch ohne diese Pflanze. Aber ich habe ja hier jetzt noch ein paar Exemplare, die die Grundlage für meine weitere Arbeit sein können."

„Ich hatte dich ganz anders eingeschätzt, Max. Nach außen siehst du aus wie ein Gentleman. Du hättest doch bestimmt auch noch andere Möglichkeiten, Geld zu verdienen. Vermutlich hast du sogar viel Talent für deine Forschungen. Willst du nicht lieber für die Polizei arbeiten, anstelle gegen sie und gegen das Gesetz?!"

„Du hast wohl zu stark an der Pflanze Engelwurz gerochen, Abigail. Willst du aus mir jetzt einen anderen Menschen machen? Ich liebe nicht nur viel Geld, ich liebe auch die Gefahr, wie die Rennfahrer oder die Bergsteiger oder andere, die das tägliche Adrenalin in erhöhtem Maße brauchen. Ich bin mein ganzes Leben lang schon immer auf der Flucht gewesen. Und in den letzten Jahren habe ich mich auch nicht mehr erwischen lassen. Man lernt immer wieder dazu."

„Es geht nicht immer gut, Max. Willst du es dir nicht noch überlegen und bei der Polizei ein Geständnis ablegen? Vielleicht gibt es dann eine mildere Strafe."

„Bei zweifachen Mord? Das glaubst du selber nicht. Nein, wir beide werden jetzt schön in mein Auto gehen. Auch wenn ich jetzt meine Waffe nicht hier habe, sie liegt dummerweise im Handschuhfach meines Wagens, glaube mir, dich halbe Person strecke ich mit einem Faustschlag zu Boden. Also, kommst du jetzt freiwillig mit mir, oder muss ich dich erst bewusstlos schlagen. Damit würdest du mir sehr viel mehr Arbeit machen. Ich müsste dich dann hier erst noch fesseln und knebeln und bis zur Dunkelheit warten, um dich abzutransportieren. Das Meer ist nicht weit, kannst du schwimmen?"

Obwohl ich vor Angst zitterte, versuchte ich meiner Stimme einen ruhigen Ton zu geben. „Du bist wirklich ein merkwürdiger Mensch, Max. Ein bisschen verrückt. Ein Täter, der das Theaterspielen liebt, der aus allem einen Auftritt macht. Ich habe noch keinen Täter kennengelernt, der vorher so viel redet. Vielleicht ist das auch ein bisschen krankhaft. Vielleicht gehst du auch in die Geschichte ein als der Gentleman-Mörder. Ein Wolf im Schafspelz. Immerhin hast du noch mit mir geredet, und vor mir ein Geständnis abgelegt. Jeder andere hätte vermutlich sofort zugeschlagen. Aber wie ich schon gerade sagte: Du hast alles gestanden."

„Das wird jetzt nur der Polizei und dir nichts mehr nützen. Vermutlich hattest du das Handy jetzt auf Aufnahme gestellt. Deine Handtasche nehmen wir natürlich mit. Ich bin ein Perfektionist. Und jetzt haben wir genug geredet. Jetzt bin ich kein Gentleman mehr, nur noch der Wolf, der sein Schafspelz ausgezogen hat."

Er machte einen Schritt auf mich zu, und ich wich zurück.

In demselben Augenblick öffnete sich die Tür des Geräteschrankes. Melanie stürmte heraus mit einer Schaufel in den Händen und schlug Max damit nieder. Ich erschrak und spürte erst jetzt, in welcher Gefahr ich gestanden hatte. Meine Knie wurden weich, ich fand mich auf dem Boden sitzend wieder.

Melanie hingegen zeigte weiterhin Nerven, sie fesselte Max und band ihn am Tisch fest.

Ich zeigte mit zitterndem Finger auf den Verbrechern, der sich nicht rührte. „Ist er tot?"

Sie schüttelte den Kopf. „Nein! Ich habe ihm nur eine andere Art von Schlafmittel verabreicht, und es wirkt nicht so lange wie das, dass er benutzt hat. Er wird wohl eine Weile Kopfschmerzen haben, das ist alles. Geht es dir gut?"

„Ich weiß es nicht genau. Ich bin nur froh, dass er uns hier nicht sofort vermutet hat, sonst hätte er sicher die Pistole mit hierhin genommen, und wer weiß, ob er dann wirklich so lange geredet hätte."

„Richtig. Ein bisschen Glück hatten wir also auch. Und wir waren ein richtig gutes Team. Sein Geständnis konnte ich sehr gut mithören."

„Die Polizei braucht lange", bemerkte ich. „Ich wünschte, wir wären diesen Typen schon los."

Ich machte mir langsam Gedanken, ob Melanie die Polizei wirklich verständigt hatte. Spielten die beiden hier vielleicht mit mir nur ein Spiel? Ich hörte leise Schritte, stand auf und lugte zum Fenster hinaus. Mehrere uniformierte Männer schlichen um das Haus herum. Melanie riss die Tür auf. „Kommt herein! Wir haben schon ein bisschen Arbeit für euch erledigt." Sie zeigte auf Max, der gerade die Augen aufschlug.

Die Beamten kümmerten sich um ihn, und einer der Kommissare wandte sich an uns. „Ist alles in Ordnung mit euch? Geht es euch gut?"

„Wir brauchen einen Cognac", entgegnete ihm Melanie lächelnd. „Oder vielleicht ein frisches Wasser. Nein, nichts von hier, man weiß ja nie. Nimm uns einfach mit ins Kommissariat! Das kenne ich ja schon, da gibt es Wasser und Cognac."

Während zwei Polizeibeamte Max mitnahmen, führte uns Justin zu Melanies Auto. „Ich fahre euch", bestimmte er. „Dann könnt ihr euch erst mal ausruhen. Und einen Arzt werde ich auch noch bestellen, der euch untersucht und nachschaut, ob es euch wirklich gut geht."

Während der Autofahrt dachte ich nach. Wieso war mir Max früher nicht verdächtig vorgekommen? Wieso hatte ich nicht erkannt, dass er ein schlechter Mensch war?

Stattdessen hatte ich Melanie verdächtigt, mit dem Verbrecher gemeinsame Sache gemacht zu haben. Ich seufzte vor mich hin. Vermutlich lag das wohl an den persönlichen Sympathien oder Antipathien, vielleicht an Erfahrungen, die man früher mit ähnlichen Menschentypen gemacht hatte. Mit diesem Gedanken im Kopf überwand ich offenbar meinen Schockzustand.

***

Nachdem wir im Kommissariat unsere Angaben zu Protokoll gegeben hatten, holte uns Beatrice in den Blumengarten ihres idyllischen Häuschens, wo sie uns zunächst mit Getränken und später mit einem delikaten Imbiss liebevoll versorgte.

Max Kant blieb noch eine ganze Weile unser Gesprächsthema, und das war vermutlich auch gut so, um diese schrecklichen Erlebnisse und zuletzt noch diese bedrohliche Situation zu verkraften und zu verarbeiten.

„Zwei so schöne und lebendige Frauen mussten sterben, weil dieser Mann zu wenig Respekt vor dem Leben, vor den Menschen und vor der Arbeit hat. Stattdessen legt er es drauf an, das große Geld durch riskante Manöver zu erlangen, die ihm einen Nervenkitzel verursachen", überlegte Beatrice. „Ich vermute, der hat noch ein bisschen viel von den

Urmenschen in den Genen, bei denen es nur ums Überleben ging."

Melanie schüttelte den Kopf. „Nein, das ist schon ein besonderes Exemplar. Bei den Menschen früher ging es wirklich nur ums Überleben, aber dieser Max hat sich tatsächlich schon für die dunkle Seite dieser Welt entschieden, und in der fühlt er sich wohl. Ich bin froh, dass man sich auch immer wieder mit anderen Menschen umgeben kann, die Licht und Freundlichkeit ausstrahlen. Menschen, so wie ihr sie seid. Du, Beatrice, und du Abigail, ihr seid Menschen, die etwas ausstrahlen, weshalb man an das Gute im Menschen glauben kann. Mir selbst fällt es manchmal schwer, positiv sein zu können. Und ich weiß, das liegt an meiner manchmal etwas trübsinnigen Mentalität. Aber von euch lasse ich mich gern ab und zu aufmuntern. Es gibt eben wirklich sehr verschiedene Menschen auf der Welt, wie man weiß, jeder ist anders."

„Wie lange kannst du denn jetzt hierbleiben, Abigail?" erkundigte sich Beatrice.

Ich sah sie mit einem bedauernden Blick an.

„Ich fliege mit der nächsten Maschine wieder zurück. Im Schloss werde ich bestimmt schon erwartet, besonders von meiner Nichte Emily, die in der nächsten Zeit wahrscheinlich meine Hilfe braucht. Sie wird Liebeskummer haben, und da möchte ich sie gern trösten."

Ich erzählte den beiden Frauen die Geschichte von Emily und Will.

„Da muss man aber etwas machen", fand Beatrice. „Wenn sie sich doch lieben, haben sie ein Recht auf ein gemeinsames Glück."

Melanie sah die Sache etwas anders. „Das Schicksal geht seine eigenen Wege, da kann man nicht eingreifen. Und zwei Liebende müssen auch ihren Weg selber finden, sonst könnte es der falsche Weg sein, wenn sich ein anderer einmischt. Und beide sind ja schließlich alt genug, Sie müssen doch wissen, was sie tun."

„Manchmal ist man aber auch blind vor Liebe", entgegnete Beatrice.

Da hatte ich zwei verschiedene Meinungen, und wie dachte ich?

Ich wusste es nicht, ich wollte erst mal sehen, wie sich die Beziehung der beiden entwickelt hatte, in der Zeit, als ich weg war. Vielleicht hatte die Situation mit all ihren Ängsten und Sorgen die beiden inzwischen etwas näher gebracht?

Nach einer besinnlichen Stunde im Garten brachten mich die beiden Frauen zum Flughafen, dieses Mal nach Cannes-Mandelieux, von dem aus ich einen früheren Flug nehmen konnte.

Wir verabschiedeten uns herzlich, aber in der Gewissheit, uns bald einmal zu einem fröhlicheren Anlass wiedersehen zu können.

Während des Flugs ließ ich noch einmal alle Erlebnisse Revue passieren und wunderte mich selbst über mich, wieso ich Max gegenüber so ruhig geblieben war. War es deswegen, weil ich gehofft hatte, an seine Gentleman-Seite appellieren zu können? Oder hatte ich auch aus einem Ur-Reflex heraus gehandelt, aus einer Angst, die mir eine große Fantasie eingab und mir sagte, wie ich mich am besten vor der Gefahr retten konnte? Hatte die Angst vor der Gefahr meinen Verstand geschärft. Aber ich fand auf meine Fragen keine eindeutige Antwort und beschloss, dieses Erlebnis so bald wie möglich hinter mir lassen zu können.

Am Flughafen in der Nähe von Sankt Augustine erwartete mich eine Überraschung. Niklas führte mich zu seinem Wagen, in dem ein Fahrgast hinter einem großen, bunten Blumenstrauß auf mich wartete.

„Ermanno!" rief ich erfreut aus.

Er sprang aus dem Auto, und wenige Sekunden später lagen wir uns in den Armen. In diesem Augenblick spürte ich, dass alles Angespannte von mir abfiel. Vergessen war Max, vergessen die Erlebnisse in Frankreich, und vergessen alle andere Aufregung der letzten Tage. In diesem Moment zählte es nur, in seinem Arm zu liegen, ihn zu spüren und zu erkennen, dass sich an unseren Gefühlen nichts geändert hatte.

Niklas trieb uns lächelnd zur Eile an. „So ihr Turteltäubchen! Jetzt fahren wir erst einmal zurück ins Schloss zu den Rossinis, die euch und alle anderen schon mit einem Festmahl im Schlossgarten erwarten. Alle haben gemeinsam ihr Bestes gegeben, den Garten geschmückt und mithilfe von den Bühlers das festliche

Buffet zubereitet. Da wollen wir das leckere Menü nicht kalt werden lassen."

Während der Autofahrt nach Sankt Augustine begrüßte ich die grünen Wiesen und bunten Felder um mich herum, so als hätte ich sie wochenlang nicht mehr gesehen. Ermanno hatte den Arm um meine Schultern gelegt, und ich fühlte mich so sicher und geborgen wie schon lange nicht mehr.

„Wir waren viel zu lange getrennt" fand er. „Wenn ich demnächst wieder eine so lange Exkursion mit meinen Studenten machen muss, dann kommst du einfach mit. Vor allen Dingen kann ich es gar nicht verantworten, dass ich dich hier immer mit den ganzen Gefahren allein lasse."

Ich erinnerte mich kurz an den Augenblick, als Max durch Melanies Eingreifen zu Boden ging. Es hätte auch schlimmer kommen können, vermutlich hatte ich wieder einmal einen Schutzengel gehabt.

„Weißt du eigentlich etwas von Max?" erkundigte ich mich bei Niklas.

„Oh, er hat nichts Schlimmes. Du musst dir keine Sorgen machen, Abigail. Er lebt und hat keine gefährlichen Verletzungen. Melanie hat ihm damit nur einen kleinen Denkzettel verpasst. Es war ja Notwehr, Gefahr im Verzug, da konnte sie nicht anders handeln."

„Ja, ich weiß. Ich bin ihr auch sehr dankbar, dass sie genau den richtigen Moment abgepasst hat, nachdem er sein Geständnis abgelegt hatte. Auf jeden Fall ist Victoria völlig rehabilitiert. Sie war ein ehrliches Mädchen, und Pirelli kann auch jetzt noch stolz auf sie sein."

„Nun ja, so ganz ist das nicht geklärt", fand der Kommissar. „Kein Mensch wird herausfinden, was sie nun wirklich mit dieser Pflanze anfangen wollte. Sie hatte auch viel vor, wozu sie eine ganze Menge Geld gut gebrauchen konnte. Aber ich will ihr natürlich nichts unterstellen, und würde am liebsten genau wie du nur an das Gute im Menschen glauben."

„Ich werde sie so im Gedächtnis behalten", versprach ich. „Und das werden der Zirkusdirektor und Pirelli bestimmt auch so halten. Ich könnte mir vorstellen, dass Moro Rossini ihr zu Ehren trotz seiner Behinderungen noch eine kleine Skulptur anfertigen könnte. Und natürlich auch eine für Jérôme, die er dann in seiner Akademie ausstellen kann."

„Die wird er aber sicher privat aufbewahren wollen", vermutete Ermanno. „Er wird sie auch als Andenken an seine Liebe behalten."

Als wir am Schloss ankamen, empfing uns Adelaide mit einem strahlenden Lächeln. „Wie schön, dass wir jetzt alle wieder zusammen sind! Und vor allem auch gesund und unversehrt!

Aber jetzt kommt mit auf die Terrasse! Wir versuchen schon seit zwei Stunden, alles warm zu halten. Jetzt müssen wir feiern. Wir haben zwar kein vergoldetes Spanferkel wie damals August der Starke zur Hochzeit seines Sohnes, aber sonst fehlt uns wirklich nichts, was man zum festlichen Essen benötigt."

Sie führte uns in den Garten, wo sich schon alle an den langen Tischen versammelt hatten. Kerzenleuchter und Blumengestecke schmückten die mit weißen Leinentüchern bedeckten Tische. Festliches Geschirr glänzte darauf. Moro Rossini hielt eine kurze Rede, in die er eine Gedenkminute für Victoria und Uschi einlegte.

Danach eröffnete er mit wenigen Worten das Buffet und wünschte uns ein paar entspannende Stunden nach all den Aufregungen. Alle Gäste strebten nacheinander zu den hohen, weiß gedeckten Tischen mit den Köstlichkeiten und bedienten sich.

Ich wandte mich an Adelaide. „Wo ist Emily? Ich sehe sie gar nicht. Und Will, den sehe ich auch nicht."

„Emily wollte allein sein, sie ist zum Venusbrunnen gelaufen und bat uns, sie nicht zu stören", berichtete die Schlossherrin.

„Aber warum denn? Geht es ihr nicht gut? Hat es etwas mit Will zu tun?"

„Will ist abgereist. Eben mit dem Taxi fortgefahren. Es ist ja jetzt alles geklärt. Und er hat mir verraten, dass für ihn der Abschied sonst immer schlimmer wird, je länger er noch mit Emily zusammen ist."

Noch bevor Ada irgendein weiteres Wort hinzufügen konnte, rannte ich los zum Venusbrunnen. Als ich ganz außer Atem dort ankam, entdeckte ich dort Emily, die zusammengesunken am Brunnen saß und hemmungslos weinte."

Als sie mich kommen sah, stand sie auf. „Er liebt mich nicht, Abigail. Er liebt mich wirklich nicht!"

Ich nahm sie in die Arme. „Oh doch, meine Süße! Und wie er dich liebt! Komm mit!"

Ich zog sie mit mir fort und eilte mit ihr zurück zu den Gästen.

Ich wandte mich kurz an Ermanno und küsste ihn auf die Wange. „Fang schon mal an! Ich bin gleich wieder da."

Danach suchte ich Niklas auf, Emily immer noch an der Hand haltend. „Hast du dein Blaulicht im Auto?"

Er nickte und sah mich verständnislos an. „Willst du hier im Garten Lärm machen? Oder um was geht es dir? Lampions haben wir doch hier genug."

„Nein, komm! Wir müssen dem Taxi hinterher fahren, in dem Will jetzt sitzt. Er darf jetzt auf keinen Fall abreisen."

Niklas sah in Emilys verweintes Gesicht, stand auf und folgte mir auf den Schlossvorplatz, auf dem der Wagen des Kommissars wartete.

Er hielt uns die Türen auf, ließ uns einsteigen, platzierte das Blaulicht auf dem Dach des Autos und wählte den Weg zum Flughafen. Auf der Landstraße beschleunigte er das Tempo, doch da wir keine störenden Fahrzeuge vor uns bemerkten, musste er das Blaulicht nicht betätigen. Ein ganzes Stück hinter Sankt Augustine entdeckten wir vor uns das Taxi, in dem wir beim Heranfahren Will auf dem Rücksitz erkannten.

Der Kommissar überholte den Mietwagen und bewegte den Chauffeur dazu, an der nächsten Parkbucht anzuhalten. Während der Taxifahrer im Auto sitzen blieb, stieg der Engländer mit einem erstaunten Gesichtsausdruck zögernd aus dem Wagen aus und kam auf uns zu. Ich verließ ebenfalls das Auto und zog die verwunderte Emily ins Freie.

Da standen sie, Will und Emily, ganz nah, blickten sich an und sagten kein Wort.

Ich klopfte mit der Hand an die Fensterscheibe vom Fahrersitz und wandte mich an Niklas. Laut, sodass es auch die beiden Verliebten hören konnten, sprach ich ihn an. „Hey, du! Du bist doch gewissermaßen auch ein Gesetzeshüter. Du sorgst doch auch dafür, dass alles richtig und ordentlich läuft, kannst du einmal dafür sorgen, dass sich die beiden Verliebten nicht wie Idioten benehmen?! Dieser taffe Engländer liebt meine Nichte so sehr, dass er sie mit seiner Liebe nicht erdrücken möchte und lieber das Weite sucht. Und Emily weint sich inzwischen die Augen aus, weil sie sich nicht vorstellen kann, dass ihr

Geliebter vor lauter Liebe verzichtet. Kannst du dieser verrückten Geschichte nicht mal ein Ende setzen?"

Niklas grinste. „Da darf ich nicht eingreifen, Abigail. Dazu bin ich weder kompetent genug, noch befugt. Und der geduldige Taxifahrer wird auch nichts daran ändern können, es sei denn er präsentiert Will gleich eine enorme Rechnung für das lange Warten."

„Dann hoffe ich nur noch auf ein Gewitter", schwindelte ich. „Es muss ja nicht unbedingt ein Blitz sein. Aber vielleicht hilft schon ein kleiner Donner oder ein kräftiger Regenschauer."

Die beiden hatten inzwischen ihre Situation begriffen, und auch offensichtlich verstanden, was ich versucht hatte, ihnen mitzuteilen.

Will löste sich aus seiner starren Haltung und ciltc auf das Taxi zu.

Einen Augenblick lang befürchtete ich, er könne einsteigen und davonfahren. Er aber nahm ganz ruhig seinen Koffer aus dem Auto, bezahlte den Taxifahrer, reichte dem Kommissar sein Gepäck und schritt langsam auf die noch immer stumm dastehende Emily zu.

Während sich das Taxi langsam entfernte, ergriff der Engländer die Hände meiner Nichte.

Er blickte ihr tief und liebevoll in die Augen.

„Ich möchte aber nicht, dass du dich an mich gebunden fühlst", sagte er mit Nachdruck.

Ihr Gesicht näherte sich dem seinen, ihre Lippen berührten sich fast. „Aber ich!" sagte sie mit fester Stimme.

ENDE